ひげのある男たち

結城昌治

JN264323

古ぼけたアパートの一室で発見された，若く美しい女性の変死体。ひげが自慢の郷原部長刑事は捜査に乗り出すが，事件にはつねにひげのある男の影がつきまとう。犯行当日，アパートの周辺で目撃された不審なひげのある男。被害者と旅館へ頻繁に出入りしていたひげのある男。これらの男は同一人物なのか？　果たして犯人なのか？　一人のひげのある男によって惹き起こされた事件は，一人のひげのある男によって解決される──。著者のデビュー長編にして，ユーモアと堅固な論理とひげに満ちた傑作ミステリ。

ひげのある男たち

結　城　昌　治

創元推理文庫

THE MEN WHO HAVE MUSTACHE

by

Shoji Yuki

1959

目　次

ひげのある男たち

一　ひげのある発端

1

人間のひげは生えるものか、それとも生やすものかという議論が、古代ギリシャにおいて行われている。すなわち、生えるから生やすのか、生やすから生えるのかという平和な疑問である。ここで、生えるから生やすのだという素朴な答案は、むしろ小理窟に落ちて面白くない。古代の賢人たちもこの見解を避けた。しかし、論議はパルテノンにとぐろをまく神学者や、詩人、天文学者から収税吏、騾馬曳《らばひ》きまで交えて、世論を揺るがした模様である。結論が落着くまでに三年間かかった。

「ひげは生やすから生えるのである」侃々諤々《かんかんがくがく》の討論を重ねた末に、アテネの市民議会はこの判定を下した。なるほど、生えるから生やしておくというのでは、オットセイのひげと選ぶところがない。わたしたちは、ここにヒューマニズムの夜明けを遠望することができる。

さて、それでは人間は何故にひげを生やすのか。そこに個人の意識が働いている以上、それはひげの恣意にまかせておくわけではない。そこでチャップリンのように、小粋に刈込んでみたり、あるいは聖徳太子のように、唇の周囲に垂れさがるやつを脂でかためて、威勢よくピンとはねあげてみることになる。後世に至り、退嬰《たいえい》的なおしゃれ思想がまんえんしてくると、ひげの権威はほとんど排泄物なみに待遇を落とされて、毎朝カミソリを当てられる悲境に陥ったが、古来、ひげは成年男子の第二次性的特徴として、顔の修飾物であるとともに権力の象徴ともいうべき威厳をそなえていたのだ。

『当世男髭《ひげ》なき事』これは慶長見聞集にみえる話である。天正の頃、小田原《おだわら》に岩崎《いわさき》嘉左衛《かざえ》門《もん》と片井《かたい》六郎兵衛《ろくろうべえ》という者があった。この二人が、きさまにはひげがない、なに、ひげなし野郎とはきさまのことだ、ということで口論をした。あげくは大喧嘩になって、たがいに刺しちがえて死んでしまった。この話は現代の私たちを笑わせてくれるが、当時はどうして笑いごとではなかった。男子として髭なしと言われることは、臆病者と呼ばれるほどの恥辱だったのである。ひげが生えなければ、男としてはほとんど片輪者扱いだった。さしずめ、ひげの全盛期である。

　また、スサノオの命《みこと》は、八《や》拳須心《つかひげむね》の前《さき》に至るまで云々と古事記にしるされている。このひげは彼の乱暴が過ぎたために、高天原《たかまがはら》から追放される際に切落とされる破目になるのだが、それはともかくとして、八拳といえば一メートルに近い。ひげのないスサノオの命は、髪の毛を剃り落とされたサムソンよりも非力だったであろう。さすがに伝記作者はひげを見逃がさなかった。むかし、ひげは力であったことがこれでも知れる。しかし、ひげは肩をいからして羽ぶりをきかすばかりが能ではなかった。

かつまたの池はわれしる蓮《はちす》なし

しかいう君が髭なきがごとく（万葉集）

一首の意は、大ひげをもってきこえた新田部親王《にいたべのみこ》に対して、逆説をもって戯れたものであろう。これでみると、ひげは万葉のむかしから伊達《だて》男の重要な条件であったことがうかがわれる。ひげのない男は蓮のない池のようなものだというのだ。

ところで現代はどうか。ひげらしいひげの生えないホッテントット人やマライ人は論外としても、ひげは電気カミソリの出現に及んで、凋落《ちょうらく》の極に落ちぶれたかの感がある。たしかに、ひげが権力の象徴であった時代は完全に終ったとみていいだろう。世界各国の元首にすら、こけおどしのひげを見ることは稀である。たまにひげを生やしていたにしても、せいぜいそれは、顔のアクセサリーとしての用を賄《まかな》っているにすぎない。いわば、男子の愛嬌である。現に最も多くひげを見るのは、乞食、浮浪者の諸君であろう。ひげは民主化されると同時に、装飾物として純粋になったと言える。

若く美しい女性の、不可解な死に端を発したこの事件は、一人のひげのある男によって惹き起こされ、一人のひげのある男によって結末を告げる。ひげにまつわる話、いや、これはひげにまつわられた話である。

2

ノリコがノコなら、モモコはモコである。仲のいい二人は互いにそう呼び合った。

「一号室の香月《こうづき》さんね」

マニキュアしたばかりの指を眼の高さにかざしながら、痩せっぽちのノコが、ふとっちょのモコに言った。

「少し変じゃないかしら」

「変て？」

空中で一回転させたオムレツを、あざやかにフライパンでうけとめたモコが、気のない声で聞き返した。

「変態性じゃないかと思うの」

「あら、どうして」

「あたしに、モデルになってくれって言うのよ。今まで黙ってたけど、それが会うたんびなの。今朝も言われたわ」

「まあ、モデルって、裸になるんでしょ」

「もちろん、そうよ」

ノコはいくらか得意そうだった。

「それで、ノコはなんて言ったの」

「もちろん断ったわ。きっぱり断ってやったわよ」

「そしたら?」

「それでおしまいよ。がっかりしてたわ」

「そうだったの」

モコはオムレツを見詰めながら、しばらく物思いに沈むけしきだった。そして、何かを決心したように顔をあげると、ノコに言った。

「実はね、あたしもそうなの。モデルになってくれって、会うたんびに言われてるのよ。ほとんど毎日だわ」

「あら、モコも?」

ノコは眼をまるくした。

「ずっと以前からだわ」

「それで、あんたはなんて言ったの」

「もちろん断ったわ。今朝も洗濯場のところで言われたから、断乎として、断ってやったわよ」

「おどろいたわ」

ノコはおどろいたというよりも、がっかりしたような声だった。

「気をつけなければいけないわ。誘惑よ、あたしたちは狙われてるのよ。ろくな絵もかけないくせに、モデルになってくれもないもんだわ」

モコは力をこめて言った。

3

――オムレツの焦げる匂いがするな、香月栗介《くりすけ》はひとりごとを言った。そしてお呪《まじな》いをするように、汚れた手の甲で二、三度ひげをこすると、腹がへった、と呟《つぶや》いた。その栗介の足もとにも、何やらフツフツと煮えたぎるものがあった。電気コンロにかけた鉄板の上に、赤やら青やら黄色やら、ペンキのようなのが雑然と煮つまっている。

「あら、美味しそうですこと」

断りもなしにドアをあけた新川加代《しんかわかよ》が、なれなれしく言った。腕に買物籠を提げている。

「お好み焼ですか」

「いや」栗介は元気のない声で答えた。「仕事です」

「まあ、絵をお焼きになっているんですか」

加代は怪訝そうな顔をした。

栗介は胸を張って頷いた。

「傑作ができます」

「ほんとに……」

加代はあとの言葉が続かなかった。

「何か、ご用事ですか」

「ちょっと買物にでかけますので、何かご用がありましたらと思って。お肉でも買って参りましょうか」

肉と聞いて、栗介の胃袋はけいれんした。今朝から何も食べてないのだ。

「いや、間に合ってますから」

「それじゃ、お豆腐でも……」

「結構、たくさんです」

栗介は不機嫌に言った。

「あ、そう、そう、今日は天ぷら屋さんの特売日でしたわ」

「うるさい」

栗介はついに怒鳴った。

「仕事中に、無断で入ってこられては困る」

4

「いかがですか、社長さんのおくさん。いい匂いでございましょう」

赤い小さなクリーム罎《びん》を手にとって、そっと鼻に近づけた女の顔を、玄関の上り框《がまち》に坐りこんだ伸七《しんしち》は覗きこむようにして言った。相手の女は、いかにも山の手の有閑夫人といったかたちの、小肥《こぶと》りな女だった。若くつくってはいるが、四十を一つ二つ越えているだろう。果して相手が社長夫人かどうか、それは伸七の知ったことではない。伸七の差し出した赤い小罎を手にとった女は、すべて社長夫人という商売上の仕組だった。

「そうね、悪くはないわ」

敷居に立膝をついた女は、なおも何かを確かめるように、クリーム罎のレッテルを眺めながら言った。

「でも、千円は少し高くないかしら」

「ご冗談を、おくさん。これがお高いなんて、とんでもございません。まともに税関を通っていたら、千七百円することは、おくさんもご存じじゃありませんか。先ほども申しましたように、これはP・Xの流れ物でして、それでこんなにお安くお願いできるわけですから」

「……そうね。とにかく一つだけ頂くわ」

「ほんとですよ、おくさん。デパートなどで売っている化粧品などは、いくらお使いになってもなんにもなりゃしません。おくさんのようなお美しいお肌に、百円やそこらのクリームをお使いになるなんてのは、泥を塗るようなものです。クリームだけは高級品でなければいけません」

「お口がお上手ね。それじゃ、もう一つ頂こうかしら」

「口が上手だなんて、泣かせないで下さいよ、おくさん。お向いの社長さんのおくさんには、前々からお得意になっていただいていますから、お向いでお聞き下さればおわかりになりますが、正直の話が三日ですね。これを三日お使いになれば、お肌の色が透るように白く冴えてまいります。いえ、本当でございますよ、おくさん。そうでなければ、イギリス王室の御用がつとまるものではございません。特にエリザベス女王はこのシャルムの8番以外は決してお使いにならんそうです」

女から受取った二枚の千円札を、伸七は状袋ほどもある大きな革財布にしまいこみながら、真実こめて力説した。

5

「残しとかなくていいからね、きれいに剃っちまってくれ」

磯貝浜造《いそがいはまぞう》は、カミソリを研いでいる店の親方らしい男の背中に向かって言った。

「え？」

親方はおどろいたように振り向いた。

「全部落としちまうんですか。そいつは旦那……」

「いや、かまわないんだ」

「でも、せっかくご立派なものを……」

「立派かね、これが」浜造は鏡の中の自分を見て笑った。「しかし、ひげだけ立派でも仕様がない」

親方は聞えないふりをしたのか、ふたたび革砥《かわと》にカミソリを当てながら、別の話を始めた。

「うちのお客さんで、それはご立派な顎ひげを生やしたおじいさんがいたんですがね。そう、ちょうど去年の今頃でしたかな、暑苦しいから落とせとおっしゃいまして、あたしが剃り落としてあげたことがございました。ところが、それから一と月と経たないうちに、そのおじいさんがぽっくり亡くなられてしまったんですよ。おどろきましたね、元気なおじいさんだったんですから。あとでお宅の方から伺ったんですが、そのおじいさんはひげを落としてからめっきり元気がなくなって、急に老衰したみたいに亡くなられたんだそうです。妙なといえば、たしかに妙な話ですが、それが旦那、ご臨終のときにたった一言──ひげを落とすんじゃなかった、こう言い遺したというんですよ。なんですか、そのお話を伺った時は、あたしが殺したみたいで、気味悪うござんした」

「ふうん、そいつは面白いな。わたしもそうなるかもしれんね」

暗く、滅入るような、浜造の声だった。

6

「どうだった」

帳場に坐っていたおかみは、二階から下りてきた春枝《はるえ》をみると、体をのりだしてきいた。

「大丈夫よ、なんでもないわ。明日、京都へお帰りになるんですって」

「そうかしらねえ」

おかみはなおも不安そうに首をかしげた。昨夜から二階に泊まっている二人連れの客が、気がかりでならないのだ。男は三十五、六、あるいは四十に届いているかもしれない。女のほうはまだ二十二、三だろう。二人とも京都の者だというが、言葉に訛《なまり》はなかった。ひっそりとして、昨夜から話し声も聞こえない。電話一本かけるでもなく、今日も一日閉じこもったきりでコソリともしない。いかに連れ込み専門のような旅館でも、こう静かなのは珍しかった。

「本当に大丈夫かしら」

「大丈夫ですよ、昨日も今日も、お夕食にお銚子は一本しかとらなかったでしょ。心中するとしたら、あたし、もっと飲むと思うわ」

「でも、お金がないのかもしれないじゃないか」

「お金がなかったら、どうせ死ぬんですもの、なおさら遠慮なく飲むし、ご馳走も注文すると思うわ」

「そういう人もいるけどねえ……」

おかみの不安は、やはり去らない様子だった。しばらく考えこんでいたが、急に何かを思い出したように、

「春ちゃん、あの女の人、以前うちへよくきてくれた山下《やました》さんという方の、連れの人に似てると思わない？」

「山下さん……あら、そういえば、似てるみたい。ちょっと首をかしげて笑うところなんか、そっくりだわ」

「山下さん、どうしたのかしら、ちっともお見えにならなくなったけど」

「そうね、あの女の人と結婚したんじゃないかしら。とても綺麗な人だったわ」

「そうか、そうか、結婚ね、そうすれば、こんなところへ来なくてもいいわけだもの。お見えにならないはずよ。あたしときたら、何を考えてたんだろ」

「いやだわ、おかみさんたら、急に大きな声を出して」

二人は声を合わせて笑った。

7

「ちびちびハイボールなんか飲んでいねえで、なんでも好きなものを注文しろよ。今日はたっぷりあるんだ」

「すまねえな、兄貴」珍しく豪儀な平野《ひらの》清司《せいじ》の言葉に、すっかり気をよくしたらしい馬場《ばば》は、蛙よりも低い鼻をひくひくさせて「それじゃ、サイドカーだ。コアントローでたのむぜ」

「ちぇっ。ばかに景気がでたな。それならおれは、オレンジ・ブロッサムをたのむ」

自分のふところが痛まぬとはっきりわかれば、さすがにしみったれな高橋《たかはし》も、にわかに気が大きくなったようだった。そのついでに、女給へ流し目をくれることも忘れなかったのは、心掛けができているといわねばならない。

「平野さん、どんないいことがあったのよ。教えてくれたっていいじゃないの、水くさいわ」

高橋へ返すはずの流し目を、女給は清司のほうへいたずらっぽく流して、すねるように言った。

「ふ、ふ……」

愛想笑いを浮べながら、スクイザーでレモンをしぼっているバーテンに向かって、清司は低く笑った。思わせぶりな、いやに気取った笑い方だった。

「競馬だよ、競馬」そばから清司を助けるように、馬場が言った。「第六レースで、フジトシが一万二千円の大穴をだしたんだ」

「うそ、嘘にきまってるわ」女給がむきになって言った。

「さっきから、そんなデタラメばかり言って。あたしをごまかそうとしても駄目よ。あたしにはちゃんとわかるんだから」

「ほんとだよ」と今度は高橋。「一万二千円の大穴さ。千円券一枚買っておけば、とたんに十二万円だ」

「それ、ごらんなさい。買っておけば、でしょう。買わなかったら、なんにもならないわ」

「疑り深い女だな。こういう女の亭主になると、半年と命がもたないね、かならず絞め殺される」

折角の流し目を無視された仕返しのつもりか、高橋はからかった。

女給はきつい眼で高橋を睨むと、片手をふりあげた。

「あら、言ったわね」

「のしちゃうわよ」

「わあ、怖え」

高橋は眼を細くして首をすくめたが、そのままじっとしているところは、怖がってみせるよりも、女の手に打たれたいといった様子だった。

「ところで兄貴」馬場が話を変えた。「とうとう紹介してくれなかったけど、例の喫茶店で一緒にいた女、いい女だったな。ぐっときちまったよ。紹介してもらいてえな、無理にとは言わねえが」

「冗談いうな、あれはそんな女じゃねえ。おまえらの附合う女《スケ》とはスジがちがう。ちょっとした顔見知りで、偶然会ったから、言葉をかけてみただけだ」

清司はやや狼狽したように、顔をそらして言った。

「そうは見えなかったぜ。隠すところをみると、相当いってるな。俺はこの辺の女なら、赤ん坊から婆さんまで全部知っている。あれだけの女は探したって見つかるもんじゃない。一晩でいいから、あんな女と附合ってみてえ」

「止《よ》さねえか」

清司は急に立上ると、烈《はげ》しく言った。顳顬《こめかみ》を走る青筋がぴくぴく顫《ふる》えていた。

8

地方検察庁宿直室の、壁にかけられた黒板を眺めながら、浅利《あさり》事務官は湯上りの汗を拭いた。検事一名、検察事務官三名、雇員二名、黒板には、その夜の宿直員の名前が掲示されている。三月十五日、土曜日、その宿直員の中に、浅利事務官の名前もあった。正午《ひる》過ぎから吹き出した季節はずれの南風が、夜に入っても上衣を脱がせるほどの暖かさだった。宿直室に配られた夕刊は、この暖かさを五月中旬の気候と報じていた。「こんな晩は殺しがありそうだな」などと、先ほど食堂で冗談をとばしていた佐原《さはら》検事が、いつの間にか浅利事務官のうしろに立って、黒板を覗いていた。警察から殺人事件発生の報告があった場合、検事は検察事務官一名を伴って現場検証のために出張する。その場合は捜査に経験のある古参の事務官が、検事に随行する慣例《ならわし》があったから、今晩殺人《ころし》があれば、さしあたり佐原検事に随行するのは浅利事務官ということになる。その他の宿直員は、さらに殺人事件が発生した場合などに備えて待機するわけだが、そうでなくとも、枕元の電話機はほとんど朝方まで鳴り続けて、宿直員を眠らせないのが常だった。

「今夜殺しがあったら、きみと行くのかな？」

うしろから佐原検事が言った。

「そうらしいです」と浅利事務官は苦笑して「私も今夜は殺しがありそうな気がして仕様がないんですが、そのせいか、今夜の暖かさも血なまぐさいような感じで、どうも寝つかれそうにありません」

「まあ、そう気にすることはないさ。そうそう殺しがあってたまるものか。碁でもうって、横になれば眠っちまうよ」

「殺しがなければ交通事故、それに自殺、どのみち二度や三度は夜半に起こされるんですから、いっそ今のうちに殺しの電話がきて、出掛けたほうがいいかもしれません」

「それよりどうだ、一局こないか」

佐原検事の落ち着かぬ眼には、すでに碁盤のマス目がちらついている様子だった。二人は下手な点においで好敵手なのだ。

「そうですね、お願いしましょうか」

「よし、今度勝てば、ぼくが白をとることになっていたな」

「多分そうはいかないでしょう」

二人は早速碁盤に向い合った。しかし佐原検事が黒の第一石をうつよりも早く、このとき警察電話がけたたましく鳴った。浅利事務官の素早い眼は、宿直室の古びた柱時計が八時十五分過ぎをさしているのを見た。

9

「おばさん、電話が鳴ってるわよ」

さんご荘アパートの、玄関の三和土《たたき》でゴムまりをついていた少女に呼ばれて、さんご荘の管理人、安行ラクはようやく眼を覚ましたようであった。ラクは不機嫌そうに起き上がると、ともすればふたたび閉じようとする細い豚目をしばたたいた。彼女の言によれば、安行という姓はヤスユキと読むのが正しいそうだが、アパートの住人たちはアンコウと音読みにすることで、口うるさい彼女への不満を晴らすことにしていた。事実、魚屋の店頭に吊るされて、ぶざまな恰好をさらしているアンコウの姿は、管理人室の椅子にもたれて、居眠りをしているラクの姿と似ていないこともなかった。よく眠るから太ったのか、太っているからよく眠るのか、とにかく彼女は水甕《みずがめ》のようにどっしりと肥えて、よく言えば、さんご荘管理人相応の貫禄があった。そして悪く言えば（そう言ったのは五号室の新川加代だが）立ち上がったガマ蛙という形容が当っていた。ラクは四十五歳と言っているが、真実は五十四歳に違いないというのが、新川加代の見解である。加代がわけもわからぬ男の姿をしているのが、どうしてもラクの気に入らない。ラクが加代を気に入らぬとわかれば、当然加代のほうでもラクが面白くないであろう。それで二人は始終いがみ合っているのだ。ラクにとって口惜しいことは、室代の払いが悪いアパートの住人たちの中で、加代だけが半年分ずつの室代を前払いしていることだった。その反動として、彼女は一号室の香月栗介が、すでに半年も溜めている室代を黙認するようになっている。彼女にしてみれば、私立探偵業のかたわら、油絵を描いている香月栗介の、いわば芸術家のパトロンを気取ったつもりなのだ。

「もしもし、さんご荘です」

ラクは居眠りから覚めきらぬ声で言った。男の低い声がすぐに応じた。

「恐縮ですが、六号室の水沢《みずさわ》さんを呼んで頂きたいのですが……」

「暎子《えいこ》さんですね、少々お待ち下さい」

いつもの男の声だ。そして、その男から電話がかかってくるのは、いつも夕方、今時分である。ラクは間もなく六時をさそうとしている置時計を眺めながら、大きなあくびととも に伸ばした指先で、六号室へ通じるブザーのボタンを押した。廊下のはずれのほうで、かすかにブザーの鳴る音が聞えた。しかし、六号室からはなんの応答もなく、人のやってくる気配もなかった。留守かしら？　ラクはもう一度ボタンを押した。やはり同じだった。

「もしもし、暎子さんはお留守のようです」

「留守？　おかしいな、電話をする約束になってたんですがね。眠ってるんじゃないでしょうか。まことに恐れ入りますが、部屋を見てきて頂けませんか」

今時分眠っている人があるもんですか、ラクはそう呟きかかったが、すぐに明るい声で返事をすると、柱に吊るされた鏡に向かってニッコリ微笑《ほほえ》んだ。〝明るい笑顔は若さを保つ〟そんなポスターの文句をどこかで見た記憶が浮かんだからである。あれは薬の広告だったかしら……。彼女は牛よりも重そうな腰を上げて部屋を出た。

「暎子さん、お電話ですよ」

留守だからいるわけがない。それでもラクは六号室のドアを強く叩いた。返事はなかった。ノブを回してみると、錠のかかっていないドアは外側に音もなく開いた。六号室の女は部屋の隅の仏壇を前に体をうつぶしていた。女の脇にビール瓶が一本、倒れたコップとは離れ離れに転がっていた。つい、うとうとと眠ったものが、前かがみに崩れた姿勢である。なんだ、眠っていたの。しかし、こんな恰好で眠るのはいけない。居眠りには居眠りの作法がある。それに、起こされた時はすぐ起きなくてはいけない。

「暎子さん、いい人からお電話よ」

ラクは声にしなを作って言った。そして女のうしろに近寄ると、その背中を思いきり叩いてやった。それでも女は目をさまそうとしなかった。

「駄目ねえ、あんた、酔ってるの?」

ラクは腰をかがめて女の顔を覗いた。生唾を飲みこんだラクの咽喉がゴクリと鳴った。女の肩にかけたラクの手が小刻みにふるえていた。

10

交番勤務に立っていた遠藤《えんどう》巡査は、安行ラクの要領を得ない話を聞き終ると、直ちに本署へ連絡した。電話口に出た吉田《よしだ》刑事に対して「自殺らしいです」と、遠藤巡査は残念そうな口ぶりを示した。

「自殺者の名前は水沢暎子、二十三歳、独身です。職業その他詳しいことはわかっていませんが、これから直ぐに行ってみます」

電話をきると、遠藤巡査は興奮しているラクを促して、大きな体をさんご荘へ向けた。

すでに死んでいるならば、急いで行っても始まらない。それに、急いで歩いている者は、いつだって間抜けに見えるものだ。遠藤大八郎《だいはちろう》ともあろうものが、自殺の届出に接したくらいで駆出すわけにはいかない。死ぬ理由があって、死にたい者が死ぬのになんの不思議があろう。人生はすべて成行きである。なにも慌てることはないのだ。およそ警察官たるものは……、ここまで考えたとき、遠藤巡査の足がとまった。いや、まてよ、自殺と言ったラクの言葉を、うかつに呑みこんでしまったが、果して自殺かどうかわからぬのではないか。おれはいま、そのことを確かめるために歩いているのではないのか。遠藤巡査は突然ラクを置き去りにすると、暴走トラックのように駆出した。

さんご荘の正面玄関を入って、廊下を突き当たった右側、六号室の前は、半ば開かれたドアから覗き込むようにして数人の者がざわめいていたが、遠藤巡査の大きな姿を見ると、声をひそめて通路を開いた。

遠藤巡査のまずなすべきことは、自殺を図った女の息が、まだ残っているかどうかということ——しかし、これは問題にならなかった。女が死んでいること、それも死後相当の時間がたっていることは明らかだった。それから後は、本署の刑事が到着するまで、死体のある部屋、およびその附近を荒されないように、物見高い連中から守ることであった。現場の保存ということは、捜査の初歩として耳にタコのできるほど聞かされている。しかしそれも容易だった。一号室に住む香月という男が、死体を覗くようにかがみこんでいたが、その小柄な男も、ほとんど力ずくで部屋の外へ押し出してしまったから、もう部長に叱られることはないはずだった。

間もなく、本署から郷原《ごうはら》部長刑事と吉田刑事が、鑑識係の係官らといっしょに到着した。

「うん、青酸カリだな。発見者は誰かね？」

「管理人の安行ラクです」

部長の問いに遠藤巡査が答えた。さすがは老練をもって聞こえた郷原部長である。死体の口もとの匂いを嗅ぎ、眼瞼《まぶた》をかえしただけでそれがわかった。遠藤巡査は手もなく感心した。

四谷《よつや》署の郷原部長といえば、誰でもがまず、ひげを思い浮かべるにちがいない。鼻と上唇との間隙をぎっしりと埋めて、太く真一文字に蓄えられたひげは、ひげ自らの誇りに満ちて、くろぐろと輝いているようだった。立派なひげだ、つい口に出して、そう言ってみたくなるのは遠藤巡査一人に限らなかった。ひげは部長のために生えたのではなく、ひげのために部長の顔が要求されたようでもあった。つまり、部長の顔の存在理由は、ほとんどひげにかかっているようなけしきだった。部長がひげを生やすようになったのは、ある時、鏡に写った不精ひげが自分に相応《ふさわ》しいことを発見したからである。身なりをかまわぬ郷原部長もひげの手入れだけは怠らない。そして部下の刑事たちが、彼を部長と呼ぶ代りに、ひげさんと呼んでいることをひそかに許していた。このひげの部長が、名刑事として知られるようになったのは、つい最近、すでに迷宮入りかと思われた新宿《しんじゅく》の殺人放火事件を、鮮かな推理と、身を挺しての活躍とによって解決して以来のことだ。それ以前の郷原部長といえば、犬好きの部長として、もっぱら警察署内のゴシップのタネになっていたにすぎない。今でも、部長の家の裏木戸をあけて、その狭い庭に侵入したものがあれば、そいつは十七匹の犬の一斉攻撃を免れないだろう。怪我をしないまでも、ズボンを食いちぎられずに退散できたとしたら、その男は稀にみる幸運児と言わねばならない。屯《たむろ》する犬十七匹、ことごとく雑種、野良犬のたぐいである。教養が欠けている上に、生来獰猛《どうもう》な連中ばかりで、人を見れば吠えるより先に食いつくという野獣的偏向がある。この犬たちのために郷原家には波瀾が絶えない。すでに夫婦喧嘩は日課として欠くことができなくなっている。もとより部長にしても、好きで野良犬ばかりを集めたわけではない。事の起こりは、ある日、部長が一匹の野良犬を拾ってきたことに始まる。ゴミ箱をあさっている野良犬に、ついやさしい声をかけたのが因果であった。後をついて来られるままに追い返せなくなって、残飯に味噌汁をかけて与えたのが縁結びとなった。満腹した野良犬にしてみれば、この家を離れて、味気ない浮浪生活に戻る気がしなくなったとしても当然である。ここを主家と見込んだのであろう、残飯をたいらげると縁の下にもぐってしまった。主人が出掛けるとみれば、電車通りまで見送りについていくという次第で、これはもう主従というほかはない。部長は犬に名前を与えた。すなわち、現在病気静養中のデカがそれだ。体が大きいからデカである。もっとも、このデカという呼び名は、刑事の通称でもある。けだし部長刑事の飼犬に相応しい名かもしれない。二、三日すると、デカは一匹の友人をつれてきて同居させた。やむを得ない。部長は細君の反対を押し切って、これをソクラテスと名附けた。哲学者を思わせる瞑想的風貌が気に入ったのだ。しかしそれは見せかけで、今では最も粗暴な犬として、連中の上に君臨している。以来、眼つき鋭く犬相のよくない五右衛《ご》門《えもん》、放浪性のあるムサシ、赤毛のブルガーニン（これはブルドッグの雑種）ｅｔｃ……類は友を呼んで十七匹、郷原家の庭もせましというありさまになった。治安を守るために牝《めす》犬《いぬ》は決して同棲させぬ建前にしているが、それでも、このままいけば、どこまで殖えるかわからない。郷原夫人は犬のためにいささかノイローゼ気味である。そこで郷原部長は、無断外泊をしたり、他家の玄関に忍び入って下駄をくわえてくるような、素行の悪い犬は断乎として整理しようと考えている。家庭の治安を乱して、何故の犬の治安ぞ、というのが、中学校へ行っている一人娘の意見であった。署内では、犬を飼うようになってから、部長の事件に対する鼻が鋭くなったという噂が流れている。

「そうか、その管理人はあとで呼んでもらうことにする」と部長は言った。「遠藤くん、きみが此処《ここ》へくる前に、部屋の中に入った者はなかったかね。発見者は別だが」

「一号室の香月さんが、私が駆けつけたとき部屋にいましたが、すぐに出てもらいました」

「香月というのは」

「私立探偵です。一号室に事務所を持っています」

「ふうん、そんな男がいたのか。きみは知ってるのか、その男を」

「はあ、ときどき、交番へいろんなことを聞きにくるものですから。会えば挨拶をする程度には知っています。身元を洗ったことはありませんが」

「いったい、何を聞きにくるんだ」

「郵便局長が飼っている猫の名前とか、八百屋《やおや》のおかみさんは流産したことがあるかとか、そんなことです」

「ふん、それで、その男はこの部屋で何をしてたんだ」

「別に何もしてなかったようです。死体を覗いていました」

「覗いていた？」

「はあ、死体のそばにかがみこんでいました。何か探してたのでしょうか」

「よし、その男もあとで呼んでもらおう」部長は不機嫌に言いながら、仏壇の位牌を手にとった。二つの位牌は、女の両親のものとわかった。「吉田くん、遺書は見つかったかね」

「いえ、まだ見当りません。箪笥《たんす》の小引出しに三十七万円あまり積立てた預金通帳が、印鑑といっしょにあります。鏡台の引出しには二百五十五円の現金と、睡眠剤の空箱が七個ありました。そのうちの一箱には、三錠残っています。それから台所の灰皿に、タバコの吸殻が二本、口紅はついておりません。それと湯呑茶碗が二個、洗わないままでありますが、鑑識が指紋検出中です」

吉田刑事が中腰のまま、鏡台の上にあった赤いクリーム罎を元の位置に置いて言った。

――そうか、客があったんだな、その客と一悶着あったのだろう。そのあとで青酸カリを飲む、憎い男への面当《つらあ》て、よくあるやつだ。

郷原部長は胸の中で呟いた。

「ほかに何かないかな」

「いえ、別にありませんが、被害者はだいぶぜいたくな化粧品を使ってたようですね」

吉田刑事はふたたびクリーム罎を手にとって、レッテルを眺めながら答えた。

「というと?」

「このクリームなどは千円くらいするんじゃないでしょうか」

「どれ」部長はクリーム罎を受取った。「ふうん、シャルムNo.8か。イギリスのものらしいな」

「聞いたことのない名前ですが、部長はご存じですか」

「いや、わたしはこの方面は駄目だ。そのほうはきみが詳しかったんじゃないか」

「はあ、相当詳しいつもりでしたが、シャルムの8番というのは知りません」

「シャネルの5番というのがあったな?」

「それはフランスの香水です」

こういうことも勉強しておく必要があるな、部長はそう言いながらクリーム罎を吉田刑事に返すと、廊下のほうをふりかえった。

「遠藤くん、廊下が騒がしいようだな。少し静かにしてもらってくれ」

「あれは管理人の安行ラクの声ですが、呼びましょうか」

「すごい声だな。普通にしゃべっても、あんなふうにがなるのかね。とにかく、ちょうどいい。検視の立会人になってもらわなくてはならん。呼んでくれ」

遠藤巡査についてきたラクは、声に似合わぬしおらしい態度で、部長の前にかしこまった。

「安行ラクさんですね」

「はい」

「死体を発見された経緯《いきさつ》について、初めから詳しく話してくれませんか」

とたんに、ラクの眼はいきいきと輝いた。そして、殿様蛙のような口をパクッと開くや否や、ある男から電話があり、死体を発見し、遠藤巡査に置き去りにされるまでの話を、たっぷり二十分もかけて喋りまくった。話の途中で、時折、部長が口をはさもうとしたが、ラクはそれを受けつけなかった。コンクリートにドリルを打ちこむような声高の早口に、さんざん耳もとでがなり立てられた挙句、やがて部長は頭がぼおっとして、ついに何を聞いているのか全くわからないという、自分の状態に気がついた。

「ちょっと待って下さい、大体のことはわかったような気がしますから。これからあとは、わたしの質問にできるだけ簡単に答えてもらいます」

部長に言われて口を閉じたラクは、ひとりで興奮して、額の汗を拭いた。そして白い歯をむきだして、ニッコリ微笑んだ。部長は馬に笑われたような気がして、思わず胃のあたりを押さえた。

「暎子さんの身寄りの方を、どなたかご存じありませんか」

「それがまたお気の毒なんですよ。あたしも満州にいたことがありますけど、暎子さんは満州からお父さんと二人で引揚げて来られたんです。お母さんは引揚げの途中で亡くなられたそうですが、お父さんも、暎子さんがこちらの女学校を出た年に、ご病気で亡くなりまして、親類の方たちも、みんな満州で別れたまま、生きてるのか死んでるのかもわからないというお話でした。ですから、暎子さんは全くの一人ぽっちなんです。お金には困っていないようでしたけど、そう、先月の初め頃でしたわ、遊んでいてはもったいないから、どこかお勤め口はないかしら、なんて言ってらっしゃったことがありました。タイプができると言ってましたが、あたしもむかしはタイプを習ったことがありますんですよ。あたしだって若い頃は……」

黙って喋らせておけば、またしてもいつまで続けるかわからない形勢になった。部長は急いで質問を変えた。

「わかりました。そのお話はこの辺で結構です。ところで、今日の午後六時ごろ電話をかけてきた男だが、その男について、何か知りませんか」

「はい、声は存じてますが、どなたかは存じません。電話をかけてきた人のお名前は、おききしないことにしてますので。あたしはただ取継のブザーを押すことが仕事で、余分なことは致しません。そのほうが皆さんのお気に入りますものですから」

「声を知ってるというと、その男からは、たびたび電話がかかっていたわけですか」

「ええ、以前は週に二、三回はかけてきました、最近はあまりかからなくなりましたけど。それも、以前は電話がかかるたびに、暎子さんは出掛けたものですが、近ごろは電話だけで、出掛けないほうが多かったようです。あたしが盗み聞きするような女じゃないことは、ご近所でお聞きになれば、誰でもご存じですから申し上げますけど、電話というのは聞こうとしなくても、そばにいれば、どうしても聞こえてしまいます。それで、あたしの想像ですが、電話の様子からみて、暎子さんにはいい人がいましたね。もちろんそれは電話をかけてくる人でしょうが、最近は二人の仲もうまくいってなかったんじゃないかと思います」

「どうしてそれがわかりましたか」

「どうしてって、なんとなくね。そういうことってのは、なんとなくわかりますよ」

「電話の声から想像すると、その男はいくつくらいだと思いますか」

「そうですね、三十歳前後というところじゃないかしら。たしか暎子さんが二十三ですし、やはりそんなところだと思います。あたしの勘はたいてい当ります。嘘だと思ったらご近所の」

「いや、結構、わかってます。それで、電話の声をもう一度聞けば、あんたはその男の声とわかりますか？」

「もちろん、わかります。ちょっと渋みのある、いい声ですよ。訛のない東京弁で、あの声なら男前もいいと思いますね」

「暎子さんに電話をかけてくる人は、ほかにいないかな。女でもいいんだが」

「女の人なら、一人います」

「その人を知ってますか」

「いえ、見たことはありません。一と月ばかり前から、たまに電話をかけてくるようになったのですが、だいぶ若い声ですね、お話はいつも簡単なようでした。そのほかに、あたしが取り継いだ人はいません」

「それであんたは、暎子さんが死んでいるのを発見して、交番へ駆けていった。そして交番から戻ると、電話の主を待たせたままにしてきたのを思い出して、受話器を持ったが、相手はすでに電話を切っていた、とこういうわけだね。そうすると、男の声で暎子さんに電話があってから、あんたが交番へ行って、ふたたびその電話に戻るまでの時間はどのくらいだろう」

「二十分、いや、十五分くらいです。あたしは太ってますが、身は軽いんです。駆足なら今でも自信がありますよ。嘘だと思うなら」

「いや、わかりました。それからと……先ほどあんたが言ったことだが、以前はよくその男から電話があったという話だが、その以前というのはいつ頃のことで、最近というのはいつ頃からのことですか。もちろん、およそのところで結構だが」

「そうですね、たしか、暎子さんがこのアパートに越してきたのが、今年の正月十五日でしたから、以前というのは、その頃から最近まででですね。それから最近というのは、つまり近ごろということですから、大体そんなところです」

「なるほど」

郷原部長は、ラクの返答がわかったようでわからなかった。なるほど、と言ったのは、そう言わなければますますわからなくなるような気がしたからである。

「彼女がこのアパートに越してきたのは、今年の正月といったけど、それ以前は何処《どこ》にいたか知りませんか」

「よくは知りませんが、麻布《あざぶ》の今井町《いまいちょう》とか言っていました」

「死んだ暎子さんは酒やタバコはどうかね、のんでましたか」

「さあ、お酒は頂けるんじゃないかしら。以前はナイトクラブのダンサーとか、女給とかをしてたっていいますから。タバコはのみませんよ、いつか、あたしがすすめた時も、のまないと言ってましたし、のむところを見たこともありません」

「彼女がナイトクラブにいたというのは誰に聞いたんですか」

「誰にって、近所の方ならみんな知っていますよ。あたしは九号室の平野清司さんに聞いたんですが」

ラクが知っているなら、当然近所中に知れわたらずにはいないだろう、部長はナイトクラブにいたという、均整のとれた女の死体を、あらためて眺めやった。そして九号室、平野清司と手帳に書き取った。

「平野さんというのは、どんな人ですか」

「どんな人って、まあ一口に言えば、ぐれん隊ですよ。何をして食べているのかわかったものじゃありません。部屋代だって、三ヵ月も払わないで当り前みたいな顔なんですからね。あんな奴のこと、知るものですか。あたしには、どうして警察があんなのを放っておくのかわかりませんね」

「顔を見れば、わたしも知ってるかもしれんが、遠藤くん、きみは知ってるか」

「知ってます。大学中退のインテリやくざだというので、この辺のチンピラの間では相当幅を利かしています。覚醒剤《ヒロポン》で二度ばかり罰金をくっているはずです」

遠藤巡査が答えた。

この際、その平野というチンピラを叩いてみるかな。部長はそう考えた。叩けば埃《ほこり》が出てくる、というのが警察官の避け難い人間観である。そしてふたたび質問をラクに向けた。

「このアパートで、特に暎子さんと親しくしていた人は誰かいますか」

「さあ、一人もいないんじゃないかしら。暎子さんはどなたとも交際することを避けているふうでしたわ。例えば、独りで恋人のセーターでも編みながら、本でも読んでいるといったような、案外地味な人だったと思います。ですから、このアパートに訪ねてくる人もなかったし、アパートの方たちとも、挨拶をする以外に交際した方はいないんじゃないかしら。あ、そういえば旦那、暎子さんを香月先生のところで見ましたけど、やはり何か心配事があったのでしょうか」

「香月って、一号室の?」

「ええ、昨日でしたわ。先生のところへお茶を持って行きましたら、暎子さんがいて、何か話をしてました」

私立探偵が先生で、警察官が旦那か、郷原部長は大いに面白くなかった。旦那と呼ばれることが、彼は何よりも嫌いなのだ。ひげの手前に対しても面目ないではないか。この香月という名前は、最初に遠藤巡査から聞いた時から、部長の気に入らなかった。大体、私立探偵というのが気に入らないのである。刑事事件にまで首をつっこんで、私立探偵と称する者が他人の秘密を嗅ぎまわる、私立探偵とは、その存在自体が、警察に対する不信を表明するものではないか、部長の、大いに癇《かん》にさわるところだった。

遺書は発見されないが、水沢暎子は愛人との仲がうまくいかずに悩んでいた、その裏附けとしては安行ラクの供述、および睡眠剤の存在。室内はきちんと整頓されており、覚悟の自殺と考えられる。外部からの侵入者に盗まれたと思われるものはなく、簞笥の引出しには三十七万円あまりの預金通帳があった。来客の形跡は明瞭だが、死体の位置（死体は両親の位牌のある仏壇の前に座蒲団を敷き、それに正座して服毒したものと見られ、仏壇を伏し拝む恰好で倒れていた）からみて、客と対座中に服毒したものとは認められない。ナイトクラブにいたことのある女であれば、ビールによる服毒も不自然ではない。監察医が来て、死体を裸にしてみれば、死因はさらにはっきりするが、青酸カリ中毒死とみていいだろう。あるいは睡眠剤も飲んでいるかもしれぬが、それは直接死に関係するものではあるまい。孤独な女が失恋の痛手に耐えられなかったというわけだ。なお調査すべき点はあるが、まず、自殺と考えて間違いなかろう、部長はそう思った。

「遠藤くん、済まんが監察医務院と本庁、それから地検へ電話してくれんか。変死報告の要領はわかってるね」

「はい、二度ばかりやりました」

「死体の状況その他からみて、一応自殺と考えられるが、遺書がないなどの点から、なお他殺の線も捜査中だと言ってくれ」

「承知しました」

11

「四谷署から、変死の報告がありました」

遠藤巡査からの報告を聞きとった宿直事務官の一人が、浅利事務官とともに碁盤に向かったまま電話の応答を聞いていた佐原検事に、報告の内容を伝えて指揮を求めた。

「他殺の疑いはみられないといったね」

佐原検事が言った。

「はあ、しかし、遺書がありませんし、一応自殺とは考えられるが、自殺についての積極的裏づけが足りない点を、警察では気にしています」

「睡眠剤の空箱というのはどうなんだ。失恋のため神経衰弱にでもなっていて、発作的に服毒したというところじゃないのか。盗品の有無と、毒薬の入手経路を充分捜査すること、それから監察医に診せた上、他殺の線がでてきたら、また報告するように」

「現場へは出掛けませんか」

「その必要はないだろう。自殺する者が、死場所を仏壇の前に択《えら》ぶという例は実際に多い。自殺心理からみて、それが自他殺を識別する決め手になることがあるくらいだ。まずこれは、自殺の典型的ケースとみていいんじゃないかな。ところで、警視庁のほうはどうなんだ」

「地検の出方をみてからというわけで、やはり、出渋っているようです」

「そうだな、とにかく監察医に検案させて、あとは警察にまかせておけばいいだろう、自殺に間違いなさそうじゃないか。さっき言った要領で、検視の結果、死因に不審の点が発見された場合は、さらに報告するように言ってくれ」

「承知しました」

事務官はふたたび受話器をとった。

「お待たせしました。行政検視で結構です。結果についてはあとで連絡願います。それから、盗品の有無と毒物の入手経路については、特に捜査をして下さい。え？　そうですね、来客者の身元についても、できるだけ調べておいたほうがいいでしょう。指揮検察官は佐原検事です。ご苦労さんでした」

佐原検事は浅利事務官と顔を見合わせると、互いに、やれやれ殺人でなくて助かったという表情をして、碁盤に向かい合ったあぐらを、大きく組みなおした。

二　ひげのある条件

1

「そうですね、死体を解剖してみないことには、はっきり申せませんが、死体の硬直状態などからみて、死後六時間乃至《ないし》十時間というところですかな」

検視を終った監察医は、タバコの煙を吐きながら、郷原部長の問いに答えた。

「死因は、やはり青酸カリですか」

「そう、外傷はありませんし、青酸カリ嚥下《えんか》による中毒死ということは、間違いなく言えるでしょう。部長さんもご存じでしょうが、この鮮紅色の死斑は、一酸化炭素による中毒死や、凍死の場合とともに、青酸カリ中毒死に特有の死体現象です。そして、この口腔内のアンズのような臭気は、毒物が青酸カリであることを示しています。それに、眼瞼には溢血点《いっけつ》もでています」

「うむ」

郷原部長はうなった。白蠟のような肌に、赤バラを撒き散らしたような女の裸身は、死体と呼ぶにはあまりに美しかった。軽く閉ざされた瞼《まぶた》を蔽って、長い睫毛《まつげ》が肌の白さを浮き立たせていた。すっきりした眉、整った鼻すじの下に、血色を失った唇は微かに開かれ、清潔な顎の線が形のいい耳朶《じだ》に通っている。首筋から流れるように豊かな起伏を描く双の乳房は、今は息づくこともない。死体となってさえ、これほど美しいのだ。生前の彼女はどんなに美しく、男の心を奪ったことだろう。何者が彼女を死に追いやったのか。郷原部長の胸の中は、やりどころのない憤《いきどお》りが渦を巻いていた。そしてこの憤りが、所詮むなしいということを彼自身が知りすぎていることに、憤りは烈しさを増して、彼の胸をさいなむのだった。人を自殺に追いやった者、この手を下さざる殺人者を罰すべき法律はない。

二十数年になろうとする警察官生活の間に、幾度このような死体に立会ったことだろう。そのたびごとに、郷原部長は新たな憤りにとらわれる自分を憐れんだ。それを社会にありがちな現象として承認する気にはどうしてもなれなかった。部長の憤りは正しかったが、しかし、それは自分自身を苦しめることにはなっても、殺人者に対してはなんの力も持たないままに、むなしく葬られるほかはないものだった。慣れることだ、生きていく上には、何事にも慣れることが必要なのだ、部長はようやくのことで、最後にこう自分に言い聞かすのが常だった。そしてついに、何事にも決して慣れることができないでいたのである。しかしもし、これが殺人だったら、どんな努力をしてでも殺人者を絞首台に送ってやる。しかしこれは殺人ではない。あまりにも殺人ではなさすぎる……。ここまで考えてきた時、突然、部長の体がぶるぶるっとふるえた。吉田刑事ならば、これがいわゆる郷原部長の武者ぶるいであることを知っている。警察犬よりも鋭いといわれる、部長のやや仰向き気味の鼻が、事件の匂いを嗅ぎつけたのだ。部長の嗅覚は常にその推理力に先行していた。

「石黒《いしぐろ》くん、入口のドアの指紋をみてくれ、内側のノブだ」

煮魚の残っている鍋の蓋をあけて、しきりに匂いを嗅いでいる鑑識係の石黒巡査に向って、部長は怒鳴るように言った。

これは自殺死体としてあまりにうまく出来すぎているのではないか。少しも怪しくないということは、往々にして怪しいのだ。これが長年にわたって多くの事件を手掛けてきた郷原部長の論理だった。中腰になって、ドアのノブにアルミニウムの微細な粉末をふりかけている石黒巡査の手先を、部長はじりじりする思いで見守った。

「どうだ」

ようやく腰をのばした石黒巡査に部長が言った。

「指紋がありません」

石黒巡査は太い吐息と共に答えた。

「一つもないのか」

「一個もなしです。消されたにちがいありませんね」

「内側のノブに手を触れた者はないはずだな」

「ええ」

「すると、最後にこの部屋を出た者か、あるいは被害者自身が指紋を消し取ったことになるぜ。最初にこの部屋に入った安行ラクは、外側のノブには当然手を触れたが、そのとき彼女の死体を発見して、開け放したままドアから驚いて跳び出したと言っている。それを信用すれば、おれたち以外に内側のノブに手を触れた者はいない。もちろんおれたちの中に、そんなヘマをする奴はおらんだろう。指紋は何者かによって消されたのだ」

「多分そうでしょう」

「多分じゃない、確かじゃないか」

部長が怒ったように言った。

「はあ」

石黒巡査は叱られたように首をすくめた。

「自殺する者がなぜ自分の指紋を消す必要があるかね。そんなことは断じてあり得ない。死者以外の何者かが消したのだ。なぜ消したのか」

「わたしが消したんじゃありません」

「それはわかってる。しかし何故消したのか、言ってみてくれ」

「消したかったからではないでしょうか」

「なぜ消したかったのだ」

「この部屋に来たことを知られたくない事情があったからでしょう」

「その事情とは何だ」

「わかりません」

「そんなことがわからんのか」

部長の機嫌はいよいよ悪かった。初めに自殺と断定した自分の失態に腹を立てているのだ。それに、自分が落着こうとしても落着けないでいる時に、相手の石黒巡査が必要以上に落着いてみえるのが、面白くないもう一つの原因だった。

「こいつは殺しらしいぜ」部長は背の高い吉田刑事を見上げるように振り返って言った。「もう現場は動かしてしまったから、今さら検事に来てもらっても仕様がないが、とにかく地検へ連絡して、検証令状を裁判所へ請求してくれるように手続きしてくれ。これは殺しだよ。司法解剖してもらわねばならん」

「しかし……」

吉田刑事は突然のことで、何を言われたのかわからない様子で立っていた。

「急ぐんだ、駆出してくれ。それから捜査一課、署長にも報告してくれ、応援が要る」

「しかし、地検で理由をきかれたら？」

「かまうもんか、なんとでも言っておけ。ドアに指紋がないだけで沢山だ。そのほかの理由はあとから考える。なにをぼんやり立ってるんだ、さっさと駆出さんか」

部長の声は厳しく、そして興奮していた。

「はっ」

ノッポの吉田刑事は駆出すことにした。吉田刑事がようやくそう心を決めた時には、すでに自分が百メートル以上も駆けていることに気がついた。ヒゲさんにかかっちゃかなわねえ、彼は早い息遣いに合わせながらそうぼやいた。

2

「遠藤くん、九号室の男は平野清司といったな、そいつを呼んでくれ。……ところで石黒くんのほうはどうだ、ビール瓶は？」

郷原部長は遠藤巡査にそう言ってから、ビール瓶を前に中腰になっている石黒巡査にきいた。

「問題なさそうです」

石黒巡査は仕事の手を休めて立ち上がりながら言った。

「明瞭な指紋が出ました。五本揃って死体の指紋に間違いありません。手型まで完全に検出できました。指紋もこのくらい綺麗に出てくれると楽ですよ」

五本揃って、しかも、手型まで完全にか。部長の眼が熱っぽく光った。

「死体以外の者の指紋はないのか？」

「ありません。鮮明な指紋が九個出ましたが、いずれも死体の指紋に一致します。それに、重複したりして不鮮明なものが六個ありますが、これも死体のものと思われます。コップについている指紋も、死体の指紋にピタリです」

「よし、ビール瓶の指紋を写真にとって、それから、指紋をゼラチン紙に写しとってくれ」

石黒巡査はただちに命ぜられた仕事にかかった。

部長はしばらく部屋の中を見回していたが、

「台所の湯呑茶碗はどうだった」

「一個は死体の指紋ですが、もう一個の茶碗のほうは別人です。相当はっきり検出できましたから、本庁の指紋係へ送ってみます」

石黒巡査はカメラのピントを合わせながら答えた。

「タバコの吸殻は？」

「それは、ここではわかりません。科学検査所で調べてもらえば、血液型が出るかも知れませんが、吸口に唾液で濡れたあとがありませんから、無理じゃないかと思います。吸殻にタバコの名前を印刷した部分が残ってますから、それが〝新生〟だということは問題ないでしょう」

新生か！　おれより少し高級だな、バットを口の端にくわえながら、部長は思った。

「アルミの粉は充分に持ってきたろうな。部屋中粉だらけにしてもかまわんから、できるだけ多く、指紋を拾ってくれ、足りなくなったらウドン粉をもらってきてやる」

「いや、ウドン粉はいけません」

石黒巡査は毅然と立ち上がって言った。

石黒には洒落《しやれ》がわからん、部長は憮然として黙した。

殺人事件であることは、もはや明らかなようだ。しかし今の段階では、他殺として事件を立てるに足る決定的な証拠がない。たとえ犯人の自供があったにしても、証拠のないところに事件は成り立たないのだ。だから、犯罪現場においては髪の毛一本といえども見逃がしてはならない。部長の眼は、むしろ獲物に跳びかかろうとする兇悪犯人のように輝いて、部屋中を見回していた。そこに遠藤巡査が眠そうな顔つきで戻ってきた。

「行ってまいりました。平野は不在です」

「不在？　不在とはなんだ」

「不在とは、つまり、部屋にいないということです」

遠藤巡査はゆっくりと答えた。

「そんなことはわかってる。なぜ不在かときいてるんだ」

「部屋にいないからと申し上げたつもりですが」

郷原部長はぐっと歯をかみしめて、天井を睨んだ。ここで一声——馬に蹴とばされちまえ、と怒鳴れば、気分が楽になるのだが、とにかく、興奮するのはみっともいいものではない。それに相手は、怒鳴ってひびく男ではないのだ。

「もう一度きこう、落着いて答えてくれ。平野はいつ頃から部屋にいないのか、そして現在、どこにいるかわからんのか」

部長は息を殺して、うなるように言った。なぜ、おれはこんなやり方で部下に質問しなければならんのか。

「朝から誰も平野を見ないそうです」遠藤巡査はやはりゆっくりと、眠そうに言った。「部屋に錠がかかってないので覗いてみましたが、誰もいませんでした。彼の部屋は、いつも錠がかかってないそうです。盗まれるものがないからだとラクは言ってますが、たしかに何もありません。感心しました」

遠藤巡査は緊張しているのだが、彼の眼はいつも眠そうに見え、声まで眠そうに聞こえるのだ。太っているために眼が腫《は》れぼったいからであり、舌が少し短いために口がよく回らないからだった。

「それで、彼はいま何処にいるんだ」

「わかりません」

「昨日の晩はいたのか」

「はあ、夜おそく、酔っぱらって帰ってきたそうです。部屋の隅に蒲団が敷き放しになってまして、枕元には探偵小説が二冊ころがっていました。一冊は〝完全犯罪〟という短篇集で、もう一冊は〝ひげの男に気をつけろ〟という長篇でした」

「探偵小説か」

部長はにがにがしく呟いた。

「それから一号室の香月さんが、部長にお話ししたいことがあるといってます」

「香月？　例の私立探偵か」

「そうです」

「こっちが会いたいところだ。ちょうどいい、呼んでくれ」

「それが、あちらまでご足労願いたいと言ってるのです」

「なぜだ」

部長は不服そうに遠藤巡査を見た。

「ごく内密に、お話ししたいのだそうです」

「ふうん。だが、その前にやることがある。石黒くん、指紋のほうはひと通り終ったようだな、そうしたら、そのビール瓶を乾いた布できれいに拭いてくれ、うん、それでいい、それから遠藤くん、いま石黒くんが拭いたビール瓶を、ここに持ってきてくれんか。いや、立ったままではいかん。いったん坐って、瓶の中ほどを持つんだ」

郷原部長は、遠藤巡査が怪訝そうにビール瓶を片手に提げて、石黒巡査の前から運んでくるのを見つめていた。

「すまん、すまん、そこに置いてくれ。それから今度はまた石黒くんだ、このビール瓶から指紋をとってくれ」

遠藤巡査はギクッとしたように部長の顔を見た。石黒巡査も物問いたそうにチラッと部長を見たが、黙ってアルミニウムの粉末をビール瓶にふりかけた。

「うーん」

部長はうなった。五個の指紋が、茶褐色の瓶に浮かびでていた。しかしそれは完全な手型を表わしてはいなかった。掌の凹部は瓶に触れないのだ。水沢暎子の手は、遠藤巡査の体に似合わぬ小さな手と、同じくらいの大きさである。しかも遠藤巡査のほうが肉づきがいい。これは何を示しているのか。部長の答は、自分に問うまでもなかった。

3

それから五分後、頭の中にいくつかの疑問符をマークした郷原部長は、香月栗介の住居兼事務室の椅子に腰をおろしていた。

三坪ほどの部屋にニスの褪《あ》せた片袖机が一つ、その机を囲んで、坐りの悪そうな木製の椅子が三脚、部屋の隅の大きな戸棚には香月栗介の全財産、すなわちガラクタのありったけが放りこんである。その脇には法律書や事件関係の書類を詰めこんだ鋼鉄製のキャビネット、これだけは堂々と据えられていた。これが一号室のすべて、いや、まだあった、机の上の壺と、壁に掛けられた油絵とを忘れては、この部屋の主が不服を唱えるにちがいない。青磁の、おそらくは高価なものと思われる壺には、芽柳《めやなぎ》に春蘭《しゅんらん》をあしらって、この生け方は素人ではない。安行流家元の看板をかかげた安行ラクの新作である。ただし傑作であるかどうかについては、作者本人以外にはわからぬような出来具合だ。その出来具合については、壁にかかった三十号大の油絵も同断である。——これがアブストラクションというやつだろう、と部長は思った。要するにわけのわからぬ絵だ。真っ黒に塗りつぶした画布《カンバス》の上を、赤や白の荒々しい線が縦横無尽、つまりムチャクチャに乱れ走っている。そして画面の右上方には、ナメクジのような形が鮮かな黄色で置かれていた。作者は言わずと知れている。汚れた壁には絵具のとんだ跡がところ嫌わず残っているし、香月栗介の上衣からはみだしたシャツの袖口にも、赤や青の絵具の跡がみえる。部屋の片隅に数枚のカンバスが、背中をみせて立てかけてあるところをみれば、恐らく同じような絵を何枚も描いているにちがいない。年齢は四十五、六から五十どまりというところか、郷原部長は香月栗介の年輩をそのようにふんだ。不精ひげを、小さな鼻の下に太く真一文字に剃り残した恰好で、そのひげだけは部長の気に入った。自分のひげと同じ流儀とおぼえたからである。しかし、その他の点についてはことごとく気に入らなかった。初めて顔を合わせたときの鋭い眼つきなどは、犬相の悪い五右衛門に似て、どうしても善良な人物と思えぬものがあった。一癖も二癖もありそうな面つきである。しかし「どうぞ」と言って、愛想よく部長を部屋に招き入れたときの笑顔は、愛犬デカのように憎めない愛らしさがあった。太い眉と、小さな鼻のほかには、どことい ってつかみようがなく、顔全体の印象はクラゲのようにとりとめがない。馬鹿なのか利口なのか、善人なのか悪人なのか、いっこうに要領を得ない顔だった。強いて彼の人相に対する類似を他に求めるならば、それはわが家の偽哲学者ソクラテスのほかにない。こいつは油断できないぞ、部長は堅く自分に言いきかせた。

「初めてお会いすると思いますが、入口の看板を見ますと、私立探偵をなさっておられるようで?」部長が言った。

「もう一年以上になります。ぼくのほうは部長をよく存じてますよ」

「ほう、それは?」

「四谷署の郷原部長といえば、名刑事として有名ですからな」

「お世辞ですか」

「ウッフフ……」

これではお世辞を肯定したようなものだ。部長はムッとして体を起こした。だが、ここで怒ってしまうようでは名刑事失格である。部長はようやく腰を落ち着けると、何気ないように話を運んだ。

「絵をお描きになるようですね」

「ごらんのとおりです」栗介は壁の絵をふり返って見ながら言った。「ぼくは絵描きが本職なんです。肝心の絵が売れないから、私立探偵をやってます」

「所属はどちらですか？」

「所属？」

「つまり、二科会とか何とかいう……」

「そういうくだらんものには入りません。とかく目高《めだか》は群れたがるといいますからな。グループに入ったからといって、傑作ができるわけじゃありません。第一に、審査というやつが気に入らない、これは傲慢《ごうまん》の最たるものだ。すぐれた芸術は批評を拒絶するものです。だからぼくは、美術団体の主催する展覧会には決して出品しません。アンデパンダン展には毎年出品しているが、この秋には個展をやるつもりです」

「えらい意気込みですな」

部長はひやかすつもりで感心してみせた。作品の審査が傲慢ならば、審査を拒絶する態度は、さらに傲慢ではないか。こいつ、自分を大芸術家だと思っているらしいが、ことによると頭がおかしいのかもしれない。

「その壁にかかった絵は何を描いたものですか。よくわかりませんが」

「これは簡単な風景画ですよ。ぼくの作品のうちでは出来損いのほうです」

栗介は得意そうに答えた。

簡単な風景画と言われては、部長としてもわからざるを得ない。これは部長の虚栄心である。部長はじっと画面をにらんで考えた。そしてわかった。これは夜の銀座《ぎんざ》である。赤や白の交錯する線は自動車のヘッド・ライト、そして黄色いナメクジは月なのだ。なるほど簡単な風景画にちがいない。

「あの黄色いのが月ですね」部長は言った。

「月ですって？　冗談じゃない、あれは盲腸ですよ、盲腸のある風景、というのがこの絵の題です」

軽蔑するような栗介の視線が、部長の視線を横切って消えた。部長は恥辱を感ずると同時に、自分が香月栗介の術策に陥ろうとしていたことを知って腹が立った。盲腸のある風景か、ばかにしてやがる。これは明らかに部長に対する栗介の挑戦だった。

「ぼくのような前衛的な絵が、部長にわからんのも無理はありません」

香月栗介はなおも得々として附加えた。

「なるほど、恐れ入りました。ところで」部長は栗介に視線を据えながら語調を変えた。「わたしに話があるということですが、実はわたしのほうでも、あんたにいろいろお聞きしたいことがあって来たわけです。われわれの立場はおわかりでしょうな。無礼の点は当然あると思いますが、職掌柄致し方ありません。あらかじめご諒承願っておきます」

郷原部長は凄みを利かせたつもりでゆっくりと言った。

「あんたは六号室の死体を見ましたね」

「見ました」

栗介は平然と答えた。

「しかもわたしらより前にだね」

「そのとおりです」

「そのことについて、あんたは陳謝もしくは弁明する用意がなさそうですな」

ここで部長は自分の言葉の効果を確かめるように、栗介をぐっとみつめた。

「その必要があるんですか」

栗介はいっこうにこたえないようだった。

「大いにありますね、犯罪現場は科学捜査の宝庫とまで言われている。その現場に手をつけてはならんことくらい、あんたが知らなかったとは言わせないつもりだ」

「誰が現場に手をつけたんですか」

「あんたでなくて誰がいるというのだ」

部長は興奮してはいけないと思いながら興奮して言った。

「正直に答えてもらいたいね。事と次第によっては、あんたの商売にも差し支えるようになる。われわれが到着する以前に、死体を動かした者がいることは確かなんだ」

「その証拠があるんですか」

「ない。それがあれば、とっくにあんたをぶん殴っているところだということを憶えとくんだな」

「なるほど」香月栗介はなおも落ち着いていた。

「証拠がないというんですね」

「ないからないと言ってるのだ」

「証拠はあると思いますがね。ただし、ぼくが死体を動かしたのではない」

「証拠がある？　でたらめをいうな」

「でたらめと思うなら聞かなければよろしい。そんなことはとっくに警察にはわかっていると思ってましたよ。それじゃ、聞きたくないというんですね」

「しかし、それが本当なら……」

予期しなかった香月栗介の言葉に、部長は少なからず慌てた。

「本当ならどうなのですか」

「うん、いや、つまりだな……」

「それとも聞きたいのですか」

「うん、聞きたいことは聞きたい、しかし……」

「しかし、どうだというんですか」

たたみ込むように部長を問いつめる栗介の顔には、子供たちが弱小動物をいじめるときのような、残忍な表情がうかんでいた。しかしこの場合、弱小動物であるべき者が、ガキ大将たるべき部長刑事を痛めつけるという奇妙なことになっていた。部長の旗色は明らかに悪かった。だが、忍耐がいつまでも忍耐に終らないことを部長は知っていた。忍耐とは、捜査の一方法なのだ。

「聞かせてもらおう」

部長がけろりとして言った。

「でたらめかもしれませんよ」

「でたらめは困るが、民間の協力なしにはやっていけないことを、警察は知っている」

「それでは言いましょう。ただし交換条件がある。つまり、これからぼくの話すことは、警察にとって重要な価値があるはずですからね。職業に対する義務として、ぼくもタダというわけにはいかない」

部長の態度がおとなしくなったのを見て、香月栗介はいよいよ攻勢に出た。

「条件というのを言ってもらおう」

部長は苦り切っていたが、それを言葉には表わさなかった。

栗介がすぐに答えた。

「警察の捜査によって得られた情報を、ぼくに提供してもらいたいのです。もちろん秘密は守る」

「……いいだろう」部長はしばらく考えていたが、思い切ったように言葉を強めて言った。

「ただし、公表できることに限るが」

「公表できることなら、新聞で間に合うとは思いませんか」

そんな子供だましの手にはのらぬといった栗介の面つきである。

「なるほど、しかしこの回答は、あんたがなぜこの事件に首をつっこみたがっているのか、それが納得いくまでは保留せざるをえませんな。それに、わたしはもったいをつけられるのが嫌いな性質《たち》だ」

「それがぼくの商売だからと言ったらいけませんか。水沢暎子はぼくの依頼人だった。すでにぼくは、彼女から手附金を受け取っている。彼女は死んでしまったが、ぼくには依頼された職務を遂行する道義的責任が残っている」

「そのことと今度の事件との間に、どんな関係があるかね」

「はっきりあるとは言えない。だが、ぼくの調査の対象人物が、彼女を殺した犯人かもしれんということはできる」

「わたしはハッタリにのらん男だぜ」

「お気の毒ですな」

　栗介の態度は、あくまでもふてぶてしかった。

「その依頼があったというのはいつです？　そして内容は？」

「昨日。内容はないといったほうがいい。ぼくは忙しいし、話せば長くなる。ながながとお話ししても、実になる中身はない。だから要点だけを言いましょう。彼女の来訪をうけたのは昨日の夕方です。ぼくと彼女とは廊下ですれちがえば挨拶をする程度で、話し合うようなこともなかったから、来訪の目的が事件の依頼だということは、すぐにピンときた。間もなく桜が咲こうというのに、今年に入ってからようやく四人目の依頼者なんだ。最初の二件は二つとも家出人の捜索依頼で、ぼくが探し出せないでいるうちに、家出人のほうから帰宅してしまった。他の一件は、女房が浮気しているらしいから相手をつきとめてくれという、亭主からの依頼だった。そこで調査したところ、細君には浮気の相手がいないことがわかった。ＰＴＡの役員をしているので、外出が多かったんです。ぼくはその通りの報告書を作った。ところが亭主は、そんなばかな話があるかというのでカンカンに怒って、ぼくは細君に買収されたとまで言われた挙句、とうとう調査料を踏み倒されてしまった。そんなわけで大いにくさっていたところだから、彼女の来訪は内心大いに歓迎した。ところが、椅子に腰をおろした彼女は、いっこう問題に触れようとしない。引越したいけど、どっちの方面がいいかしらなんて言うかと思うと、ぼくの仕事のことを聞いたりして、それもぼくが真面目に話しているのに、うわの空の相鎚をうつばかりだ。しかし、落着きのない様子からみて、彼女が悩みごとを持ってきていることはわかった。むしろ、何かに怯えているといったほうがいいかもしれない。ぼくはそんな彼女の態度に我慢しきれなくなって、問いつめてやった。さんざん、ぼくをじらしたあげく、彼女はなんと答えたと思いますか。実はある男につきまとわれているが、でも、結構ですわ、大したことではありませんから、とこうなのだ。もちろん、ぼくは騙されなかった。彼女ほどの、しかもナイトクラブにいたという女が、男につきまとわれたくらいで、私立探偵を訪ねるわけがない。彼女の悩みは全く別のところにある、とぼくはにらんだ。しかし、彼女はそれっきり口を噤《つぐ》んでしまった。しばらく黙ったままで、思い惑う様子だったが、結局、肝心の問題には触れずじまいで、千円札を一枚、机の上に置いて行ってしまった。『少ないかもしれませんが……』少ないどころではないが、ぼくはその金を、調査依頼の手附金として受け取ることにした。ぼくは朝から、管理人にもらったゴマ入りせんべいしか食べていなかったのだ。そして、明日までによく考えて、もう一度出直してくるように言ってやりました。もし、明日中に本当のことを話さないなら、残念だが、この金はお返しせざるを得ない、そんなことの決してないようにして欲しいと、念まで押してやった。彼女ははっきり頷いて、再来を約束しました。それが昨日のことです。ぼくは安心して、買物がたまっていたから、昨日のうちに千円をつかってしまいました。彼女につきまとっていた男とは誰なのか、彼女がぼくに対して、本当に依頼したかったことは何なのか、何もかもがわからないままに殺されてしまった。細面《ほそおもて》の、ぬけるような色の白さに、どことなく暗い翳《かげ》があって、少しセンの弱い感じだが、感情の繊細な、そう、なんというかな、知性と感性とがうまい具合に折り合っている感じで、ぼくは相当に魅力的な女性だと思いましたね。ああいう女は案外激しい情熱を秘めているものです。銀座界隈にいくら美人が多いといっても、あれだけの美人はちょっといないんじゃないかな。ああいう女と一緒に暮らせるなら、ぼくなんか飯を食わなくたっていい。もし、ぼくが二十年も若かったら、いや、こんなことはどうでもいい。これで話は終りです。条件をのむか、のまぬか、どうですか」

要点だけを、といった栗介の話は、要点以外の部分のために意外に長くなった。しかし部長が意外に思ったのは、話の長さではなかった。暎子の美しさを語るときの、妖しいまでに輝く栗介の眼を、部長ははっきりと心にとめた。

「その話は本当なのか」部長が言った。

「またでたらめだとおっしゃりたいんですか」

「いや、そういうわけじゃない」

「したがって、この対象人物不明の調査をやりとげなければ、ぼくは千円の詐欺を働いたようで寝覚めが悪い。割に合わぬ仕事になりそうだが、ぼくはトコトンまでやるつもりです。ぼくが情報の欲しい理由はもうおわかりでしょう」

栗介の話を聞き終った郷原部長は、しばらく天井を睨んで考えこんだ。——警察は取引はせん、そう言い切ってしまえば、どんなに気分がよかったろう。しかし、部長も子供ではなかった。よし、条件を承諾してやろう、どうせ、すべての情報を与える必要はないし、肝心な情報は隠したところで、彼にわかることではない。だいいち、この栗介こそ犯人かもしれないのだ。敵に欺かれてやることは、敵を欺く高等戦術ではなかったか。

「よし。承知しよう。職務上の秘密として、どうしても洩らせん情報がでてくるかもしれんが、できるだけのことはする。その点はあんたも承知しておいてくれんと困る」

「いいでしょう、それでは早速、死体移動の話に入ります」

香月栗介は急に愛想よくなって微笑した。そして、やおら靴下を脱ぐと、部長の前に骨ばった毛むくじゃらの片足をさし出した。

「ごらんのように、ぼくの靴下には穴があいている。もちろん、好きで穴のあいた靴下をはいているわけではない」

「ごもっともです。非常によくわかります」

部長はいんぎんに同意した。

「水沢瑛子の死体を発見した管理人が、肝をつぶして、まずぼくのところに駆けつけたのは、彼女がぼくを信頼しているからにすぎない。ぼくは信頼に応えるために、交番へ行けといってやりました」

「なるほど、まことに結構、申し分ありません」

「それからぼくは、すぐに六号室へ行ってみました。水沢瑛子は、部長がごらんになったときと全く同じ状態でうつぶしていました。犯罪現場の保存については、ぼくも心得ているつもりです。死体には指一本触れません。脈をみるまでもなく、死んでいることは一見して明白なようだった。しかし、それを確かめるためには、部屋に入らねばならないことはおわかりでしょう。もし脈があったなら、応急手当をしなければなりません。現場の保存よりも人間の命のほうが大切なことは、部長も賛成されますね。なぜ、ぼくがあの部屋に侵入したかという、部長の最初の質問に対するこれが答です」

「それから？」

部長は仁丹を嚙みつぶしたような顔で、先を促した。

「とその時、ぼくは部屋の真ん中に立ってたんですが、足の裏が冷いのに気づきました」栗介は続けた。「靴下の穴は無駄にあいているのではなかったのです。ぼくは妙に思って、畳に手をついてみました。湿っぽいことがすぐわかりました。敢えてビールとは言わないが、とにかく液体のこぼれた跡にちがいなかった。そう思ってもう一度死体の位置をみると、どうも腑におちないものが頭にひっかかった。死体は、座蒲団から少しずれて倒れていたから、ぼくはそっと座蒲団の端をめくってみることができた。結果は予想通りだった。座蒲団の綿を留めるための飾り糸は、仏壇とは反対の方向に向かってことごとく靡《なび》いており、糸は緊張していました。これは座蒲団が死体をのせたまま、他の位置から曳きずられてきたことを示さないだろうか」

「ふん、ふん」

部長は栗介の話につりこまれて頷いた。

「それならば、なぜ、死体の位置を変える必要があったのか。言うまでもありません。犯人は自殺に見せたかったのです。ビールを飲んだときに、対話者がいなかったことを示すためです。最初に、部長が騙されたのも無理はありません」

「わたしが騙されたって?」

「管理人の部屋で、遠藤巡査が地検へ電話しているのを聞いていました」

「うむ」

部長は大きな眼玉を剝《む》いてうなった。

「それから、これは蛇足《だそく》かもしれませんが、ご参考までに申し上げます。倒れたビール瓶とコップの位置は、巧妙に細工してあるが、すでに部屋の中央にビールがこぼれており、おそらくは被害者にビールをすすめるために、犯人もコップに一杯くらいは飲んだものと考えられるから、倒れたビール瓶に残った量と考え合わせてみると、死体の近くにこぼれたビールの量は異常に少ないはずです。この点を調べるのは警察の仕事で、ぼくのでる幕ではありません。非常に困難な仕事と思いますが、結果については、先ほどお約束した条件どおりに、お知らせ願えますね」

「うむ」部長はまたしてもうなった。「畜生！」

「なんと言われましたか」

「いや、承知、と言ったのです」

「ぼくにもそう聞こえました」

ここで栗介は、ポケットから皺《しわ》くちゃになったタバコをとりだした。部長はそのタバコが〝新生〟であることを心にとめた。

「最後に」栗介はタバコの煙の中から言った。「わが探偵社の特別サービスとして、有力な情報を提供します。わが社は極めて警察に協力的であるという印象をもって、お引取り願いたいですからね。五号室、つまり水沢暎子のとなりの部屋ですが、そこにいる新川加代、それから、都電通りに出た角のタバコ屋のおかみ、この二人が妙な人物を見かけているようですから、直接お聞きになるといいでしょう」

郷原部長は憤然として立ち上がったが、すぐに顔色を平静に戻すと、鄭重に謝意を示して、香月私立探偵社を辞した。

三　ひげのある男たち

1

「水沢暎子さんの部屋の前で、その妙な男を見たというのは何時頃ですか」

郷原部長は五号室の上り框《がまち》に腰をおろして、新川加代にきいた。間取りはとなりの六号室と同じく、四畳半一間に半坪の台所、トイレットつきという簡素なものだ。部屋のつくりに、どことなくなまめいた雰囲気が漂っている。壁にかけられた女物の着物のせいばかりではない。部長をして、部屋に上ることを遠慮せしめたこのなまめかしい気配は、小粋につくられた加代の身辺から、もやもや発散するものと見られた。ラクの言によれば、ここはさる男の妾宅である。たとえおんぼろアパートの一室でも、そこに本妻以外の女がかくれ住めば妾宅にはちがいなかった。

「はっきりした時間は存じませんけど」加代が言った。「表通りへ買物に出たついでに、間もなくおひるになったものですから、おそばやさんに入りました。そして、しばらくテレビを見て帰った時に、その男の方を見たのですから」

「何時までテレビを見ていたか、憶えていますか」

「ちょうど一時です。一時から野球が始まりましたので、球投げを見てもつまりませんから、すぐ出てしまいました」

「そばやからはまっすぐ帰ったんですか」

「はい」

「そばやからアパートまで、何分くらいかかるかな」

「すぐそこの長寿庵ですから、せいぜい二、三分じゃないでしょうか」

加代は神妙に、しかし、しなをつくって答えた。料理屋の仲居くずれといった感じの女だった。痩せぎすの、決して美人とはいえないが、どことなく男の気を唆《そそ》る顔立ちである。肉感的な唇のせいか、それとも、微笑をたたえているような切れ長の眼のせいか、と部長は考えた。だが、いつまでもそんなことを考えていたわけではない。ほんの一瞬、そう思っただけである。瞬間に見たものに的確な判断を下すことは、捜査官の常に心掛けるべき大事なのだ。その証拠に、鏡台の上にある赤いクリーム罎《びん》が、暎子の部屋にあったクリーム罎と同一であることを、部長はこの部屋に入った途端に発見していた。

「その男の人相とか服装とかで、特に気のついたことはありませんか」

部長は質問を続けた。

「それが先刻《さっき》も申しましたように、その男の方が暎子さんのお部屋から出てくるところを、横顔だけチラッと見ただけですから」

「その人が男だということは、どうしてわかりましたか」

「……あら、そうでしたわ。その人はひげを生やしていました、部長さんみたいな」

「わたしみたいな？」

「はい、歯ブラシみたいな、黒くて硬《こわ》そうなひげでした」

「歯ブラシか」

部長は思わず自分のひげに手をあてた。

「あら、ごめんなさい」

加代は手の甲を口もとにあてて、媚《こ》びるように笑った。

「そこで」部長は咳払いをしてから言った。「そのひげの男は、廊下の突当りの勝手口から出て行ったというんだね」

「はい」

「勝手口を出たところに、アパートの裏の道へ出られる木戸があるけど、あの木戸はいつも錠がかかってないんですか」

「はい、錠がかかったことがないんです。何しろ、管理人がガッチリしてまして、金のかかることとなると……」

「いや、管理人の話はいい。それで、そのひげの男の服装は?」

「コートを着てたと思います。色は灰色だったと思いますが、はっきり憶えていません。でも、コートを着ていたことは確かですわ。なんですか、跛をひいてるようで注意してみたのですが、足がコートに隠れてよくわからなかった記憶がありますから。とにかく歩き方がおかしかったですわ」

「おかしかったというと?」

「妙なんです」

「妙というのは? どんな具合に妙なのか、わかりやすく言って下さい」

「そうですね」加代は首をかしげた。「わかりやすく言いますと……変なふうに妙なのです」

「ますますわかりませんな。具体的に言って下さい。例えば、というようにです」

「そうですね。例えば、お年寄が杖をついて歩くみたいでしたわ」

「杖をついてたんですか?」

「いえ、杖はついていません」

「……? どっちの足が悪そうだったか、わからないかな」

「はあ、申しわけございませんが」

「背は?」

「そうですわね、普通より少し低いくらいじゃないかしら」

「つまり、わたしくらい」

「そう、部長さんよりは少し高いかもしれませんわ」

おれはそんなに低くみえるのか、部長は少し悲しかった。

「年齢は?」

「さあ、何しろ横顔と後姿をチラッと見ただけですから」

「帽子はどうでした?」

「ええ、かぶってました。ベレエっていうのでしょうか。ちょっとしゃれてましたわ」

ひげに、ベレエに、コート、そして小柄の足の悪い男——郷原部長の脳裡《のうり》には、香月栗介のひげ面がベレエをかぶった姿で点滅していた。

「それでは、あんたが生きている暎子さんを最後に見たのはいつかね」

「それは」加代はやや考えてから言った。「先ほど申しあげた買物に出かけるときにお会いしたのが最後でした。あたしがお部屋を出ますと、暎子さんが玄関のほうをぼんやり見ながら、自分のお部屋の前に立っていたんです。あたしが——おでかけですか、ってききましたら、——いえ、今、お客さんが帰ったところなの、と言って、なんですか、バツが悪そうにすぐお部屋に入ってしまいました」

「それは何時頃?」

「十一時半頃だったと思います」

「そのお客さんをあんたは見なかったんですか」

「はい」

「話は変りますが、あの鏡台の上にある赤い罐はなんの化粧品ですか」

部長は鏡台の上を指さして言った。

「あら、これですか」加代は立ち上がると、そのクリーム罐を持ってきた。「シャルムの8番というんですの」

「シャルムの8番？　ちょっと拝見」

部長は罐を手にとった。Charme No.8 Made in England――暎子の部屋にあったものと同じものだ。

「イギリスの品ですね。お高いんでしょうな」

「ええ、こんな小さな罐ですけれど、二千円もするんですって。うちの人が貿易のほうをやっておりますもんで、それで安く手に入るらしゅうございますの」

「結構ですね。どうも、うちの娘がこういうものを欲しがりまして。しかし、二千円のクリームはちょっと手がでませんな」

「もしおよろしかったら、うちの人に話して、ぐっと安く分けて差し上げられるかもしれませんわ。話してみましょうか」

「いや、今のところは結構です。うちの娘などにはもったいないですよ。一罎百円のやつで、二た月ももたせてるんですから」

「あら、ご冗談ばっかり」

加代は嬉しくてたまらぬように笑った。

「失礼ですが、ご主人の名前はなんと言いましたかね」

「二宮《にのみや》伸七といいます」

加代は悪びれずに答えた。——二宮伸七、聞いたことのある名前だ。部長が聞いたことのあるといえば、およそ犯罪人にちがいなかった。どいつだったかな、部長は自分の調べた犯罪者の顔をいろいろと思いうかべたが、どうしても、二宮伸七という名前と結びつかなかった。

「そのうち娘が、その何とかの8番を欲しいと言いだしたら、お願いにあがるかもしれません。どうもお邪魔しました」

部長は頭をさげて、ドアをあけようとした。とその時、ドアが開いて、そこに一人の男が立っていた。

「あっ」

声をあげたのは、ドアを開いた男だった。背は低いが、でっぷりと肥《ふと》って押出しのきく体つき、服も舶来の高級品と知れた。

「どうもお久しぶりで」

男はしばらく部長の顔を驚いたように見つめていたが、ペコリと頭をさげて言った。二宮伸七、部長はようやくその男を思い出した。

「なんだあんたか、ひげを伸ばしているのでわからなかった」

「どうも恐れ入ります」

伸七は続けさまに幾度も頭をさげた。そして照れるように、指先で鼻の下のチョビひげをなでた。

「その後は元気かね」

「へえ、おかげさんで」

「貿易のほうをやってるって?」

「はあ、それはつまり、なんでございまして……」

「なんだね」

「はあ、その、なんでございます、つまり」

「そうか、まあ、いいや。そのうち、ゆっくり会いたいな」

「はあ、かならず」

ゆっくり会いたいという部長の意味が、伸七にはよくわかったと見えた。

「あんたは今ここに来たばかりかい」

「はい、たった今来たところです。何かございましたんで？」

「うん、ちょっとね。とにかく、近いうちに会おう」

「はあ」

伸七が頭を低く下げている間に、部長はもう、さんご荘の玄関を出かかっていた。そして、廊下ですれちがった石黒巡査に、

「被害者の部屋にあったイギリス製というクリームを、分析してもらってくれ」

と言った。

2

さんご荘から都電通りのタバコ屋までは、ゆっくり歩いても五分くらいのものである。タバコ屋のおかみはタバコをのみながら、夜の往来を眺めていた。郷原部長は新生を買った。五十円玉を出して、十円のツリをもらった。愛想のいいおかみだった。

「すると、おかみさんの見たひげの男は、さんご荘の香月さんじゃなかったというんですね」

「ええ、確かにひげを生やしてましたけど、香月さんならよく知ってます」おかみは好奇

心に目を光らせながら言った。「部長さんのひげを小型にしたような、品のいいひげでした。さんご荘へ行く道をきいて、それからタバコをお買いになって、この角をさんご荘のほうへ曲って行きました」

「何時頃？」

「さあ、なん時頃でしたかねえ、十一時頃じゃなかったかしら」

「その男が、さんご荘のほうから戻ってくる時の姿は見なかったんですか」

「いいえ、見ました。三十分くらいしてからでしょうか、顔が合いましたら、ちゃんと挨拶をなさって、都電の停留所のほうへ行きました」

「その男は足が悪いようじゃなかったろうか、例えば、跛をひいていたとか」

「いいえ、そんなふうには見えませんでした。灰色《グレイ》のコートに、黒いベレエをかぶって、ちょっと男前でしたね」

「コートに黒いベレエを？」

「はい、お年は五十歳前後というところでしょうか。渋い感じで、あたしは好きですね、あんなのが」

「初めに道をきいたとき、その男は手に何か持ってなかったろうか」

「さあ……手ぶらでしたね。財布からタバコのお金を出すとき、両手を使ったのを憶えてますから」

「それでは、コートのポケットにビール瓶が入っているといったような点は？」

「気がつきませんでした」

「この近くで、赤電話のある店は、お宅だけかね」

「多分うちだけだと思います。四ツ谷駅まで行けばありますが」

「その男はこちらでタバコを買ったと言ったけど、そのタバコの種類は？」

「〝新生〟です。五十円玉を出して、ツリは要らないと言って、すぐ行ってしまいました」

「なるほど」

タバコ屋のおかみが見たひげの男と、新川加代の見たひげの男とは同一人物だな、部長はポケットに手をつっこんで、たしかに一枚残っていたはずの百円札をまさぐりながら思った。ところで、このおかみの顔は、赤毛のブルガーニンの恋人、鼻ペチャのマーガレットに似ているな。鼻の低いところと、頬の肉のたるんだあたりがまるで生写しだ。

「それでは、〝新生〟をもう一箱もらいましょう」

部長は百円札をカウンターの上に置くと、さりげなく言った。

「ツリは要らないよ」

3

郷原部長がタバコ屋から戻ってくると、アパートの玄関に、遠藤巡査が小さな女の子をつれて待っていた。

「この子が、ひげのある変な男を見たと言ってます」

遠藤巡査が言った。

「また、ひげか」部長は少女を見おろして吐息をついた。そして、少女の前に腰をかがめると、やさしくきいた。

「お嬢ちゃん、いくちゅになるの?」

「あたし、お嬢さんなんかじゃないわ」少女は可愛い顎を突きだして、抗議を申し込んだ。

「それに、子供みたいな聞き方をされるの嫌いよ」

これだから、近ごろのガキは生意気で可愛気がないというのだ。部長は憮然としたように遠藤巡査を見上げた。

「小学校の二年生ですが、二号室の山形《やまがた》さんの娘さんで、時子《ときこ》ちゃん、て呼んでます」

遠藤巡査が少女に代わって答えた。

「山形さんというのは？」

「香月栗介のとなりの二号室の人です。ご主人も奥さんも保健所に勤めてまして、昼間は学校から帰ると、この子一人なんです」

「それでは」部長は頷いて、少女に向きを変えた。「時子ちゃんのみた、ひげのおじさんについてお話し下さいませんか」

「ええ、いいわ」時子ははきはきと答えた。「学校へ行ったけど、受持の先生がお休みでつまらないから、あたし、途中で帰ってきちゃったの。そしたら、アパートの入口のところに、ひげのおじさんがいたのよ。そして、六号室はどこですか、ってきいたわ。もちろん、あたしは親切に教えてあげたわ。水沢さんなら、いちばん奥の右側のお部屋ですって。ひげのおじさんはすぐにそっちへ行ったわ。ちっとも変な人じゃなかったわよ」

「そのおじさんが帰るところは見ませんでしたか」

「見ません。あたし、それから映画の看板を見に行ってしまったの」

「そのおじさんの顔を覚えてますか」

「ええ、憶えてるわ、ひげを生やしてたんですもの」

少女は語尾のアクセントを上げる癖があった。それが部長には可愛らしくも、憎らしくもあった。

「どんなひげ？　例えば香月のおじさんみたいな」

「そうね、香月のおじさんみたいだけど、あなたのおひげにもよく似てたわ、もう少し恰好がよかったけど」

部長は辛抱して質問を続けた。

「顔は？　どんな顔でしたか」

「わからないわ。ひげのある人って、みんな同じ顔に見えるんですもの」

「なるほど、そのおじさんはどんな洋服を着ていましたか」

「灰色のコートを着てたわ。それに黒いベレエをかぶって」

「ベレエをね、足が跛みたいじゃなかった？」

「さあ、あたし、気がつかなかったわ、申し訳ありませんけど」

「いや、申し訳の要ることじゃありません。そのおじさんは手に何か持ってませんでしたか」

「何も持ってなかったわ」

「それでは、コートのポケットに、重い瓶みたいな物が入っているように見えなかったかな」

「いいえ、そんなことなかったわ」

「さっき、学校を途中で帰ってきたと言いましたが、何時間目から帰ってきちゃったの」

「三時間目だわ、だって自習ばかりでつまらないんですもの。代わりの先生に頭が痛いと言ったら、どうぞお帰りなさいと言って、お薬をくれたわ」

「二時間目が終って、すぐ帰ってきたんですか。それとも、三時間目の始まるちょっと前にですか」

「三時間目の始まるベルが鳴っている時に教室を出てきたのよ」

「そうすると、おうちに帰ったのは何時頃になりますか」

「それはわからないわ、あたし、時計を持ってないんですもの」

「それでは改めておききしますが、それはおひる御飯を食べる前でしたね」

「ええ、そうよ」

「おひる御飯は何時に食べましたか」

「おひる御飯というものは、おひる頃に食べるものだわ」

おれは子供と漫才をやっているのか、部長はかなしくなってきた。

「学校から真っすぐに帰ってきたんでしたね」

「ええ、そのとおりよ」

「学校は遠いんですか」

「第三小学校ですから、子供の足でも七、八分というところでしょう」遠藤巡査が時子に代わって答えた。「うちの子供の時間割をみて知っているんですが、たしか十時三十五分に二時間目が終って、十五分間の休憩時間があります。したがって、三時間目の授業は十時五十分に始まりますから、帰宅は十一時前後ではないでしょうか」

このとき、警察自動車のあわただしいサイレンの近づく音が聞こえて、間もなく警視庁捜査一課長以下の一行が到着することを知らせた。

4

「ほんとにうちの時子の見た男が、犯人なのかしら」

管理人室の上り框に坐りこんだ山形夫人は、心配そうにラクに言った。

「もちろんよ。そうに決ってるじゃないの。そのひげの男こそ犯人ね」

ラクは興奮がまだ覚めないようだった。

「あたくし、なんだか恐ろしくなってきたわ。時子が誘拐されやしないかと思って」

「そんなこと大丈夫よ。時子ちゃんはしっかりしてますもの」

「九号室の平野さんが犯人らしいという噂ですけど、本当でしょうか。あの人、まだ帰らないでしょ?」

「平野が十二時前に帰らないのはいつものことだけど、あたしもあいつはくさいと思ってるわ」

「もう、警察に捕まってるんじゃないでしょうか」

「さあ、どうかしらねえ、何しろすばしっこい奴だから。それよりもあんた、新川さんの旦那が怪しいと思わない？」

「お加代さんの？」

「そう。いつも火曜と金曜がここに来る日なのよ。それが今日は土曜日じゃないの。ちょっとおかしいわ」

「そういえば、あの旦那さんにはひげがあったわね」

「時子ちゃんによく聞いてごらんなさいよ。きっとそうかもしれないわ。チビでデブでキザで、あんないけ好かない男ありゃしない」

「そうね、早速聞いてみるわ。でも、ひげといえば、香月さんも生やしてるわね」

「まさか、あんた。香月先生なら時子ちゃんにわかるじゃないの。それに先生が人殺しをするなんて、どうしたら想像できる？　そんなことを先生が聞いたら、先生のほうで吹き出してしまうわ」

　ラクは、女の首を絞めている香月栗介の姿なんか想像できないと言った。

5

「おどろいたな」

晩酌の支度の整わない食卓を前に、あぐらをかいた伸七は溜息のように呟《つぶや》いた。

「おどろいたのは、あたしだわ」台所のほうから加代の声がした。「どうして部長さんを知ってらっしゃったの。随分ペコペコ頭をさげてたじゃない？」

「おれがおどろいたのはそのことじゃない。暎子さんとかいう娘さんのことだ」

「ごまかしちゃ駄目。あんた、どうして部長さんをご存じだったの」

「うるさいな、きかれなくても言おうとしてたところじゃないか。あの郷原という男は、軍隊時代の上官だったんだ。やたらに威張る奴でね。そのくせ、ヘマばかりやるんだ。おれなんか、随分世話をしてやったものさ。おまわりになってるとは思わなかった」

「あら、それじゃ、部長さんも将校だったの」

「いや、将校ではない、曹長だからな」

「だって、あんたは士官だったんでしょ？　それなのに」

「わからん女だな。下士官だって士官のうちだ」

「騙されているみたいだわ」

「そんなことより、早く酒をつけてくれ。折角きたんじゃないか」

「でもあんた、今日は土曜日なのにどうしていらっしたの」

「土曜日は来ちゃいけないのかい。昨日来られなかったから、今日来たんじゃないか」

「昨日いらっしゃらなかったのがおかしいように、今日いらっしたのが不思議な気がするわ」

「何をくだらんこと言ってるんだ、ばかばかしい。早く酒にしてくれないと、肴《さかな》のほうがなくなっちまうぞ」

伸七はヤケクソのように刺身を口の中に放りこんだ。

「暎子さんが殺されて大騒ぎしているのに、お酒どころじゃないわ」

「おい、おい、冗談じゃないよ。隣の人が死んだことと、俺の酒とどんな関係があるんだ」

「あたし、なんだか胸さわぎして仕様がないわ。何か悪いことが起るみたい」

加代はそっと伸七を覗くような眼つきをして言った。

6

「暎子さん、どうして殺されちゃったのかしら」

顎のところまでかけた蒲団から、眼だけ光らせた痩せっぽちのノコは、暗い天井を見上げながら呟いた。さっきから幾度も繰り返した言葉だった。

「犯人が捕まったら、あたし、鼻の頭に食いついてやるわ」

肥っちょのモコが突然寝床に起き上がって言った。

「あたしだって、コテンコテンにやっつけてやるわ。平野の奴よ、きっと。おまわりさんもあいつを探してるみたいだったもの」

「そうかしら。あたしはやっぱり香月だと思うな」

「いや、絶対、平野よ」ついにノコも起き上がった。「平野が暎子さんに変な眼つきをするところを、あたしはなんべんも見てるわ」

「平野が変な眼つきをするのは、暎子さんに限らないんじゃない。あたしにだって随分思わせぶりな眼つきをしたわよ」

「まあ、いやらしい」

「ノコにはそんなことなかった?」

「知らないわ、あたし。第一、平野に会っても知らんふりをして、あんな与太者の顔なんか見もしないわ」

「犯人は絶対に香月ね、あたしの直感に間違いはないわ。モデルを頼みに行って断られたのよ。そしてカッとなったんだわ」

「あんたは香月さんが嫌いだから、そう言うのよ。香月さんはカッとなる人じゃないわ。ものすごく冷静な人よ。図々しいくらい冷静で、女性には惚れっぽいけど、ふられることにも慣れてる人だわ」

ノコはしきりに香月栗介を弁護した。

「あたしにはそう思えないわ」

モコはあくまでも香月犯人説をとった。

「そんなにいうなら、あたしのほうの証拠を一つ教えてあげましょうか」とノコ。「あたし、平野が暎子さんと歩いているところを見たことがあるの。だから平野が怪しいというのよ」

「ほんと?」

「ほんとよ、暎子さんに悪いから黙ってたけど、あたし、警察へ密告してやるわ」

「でも、どうして暎子さんがあんな奴と?」

「それがわからないのよ」

「信じられないわ」

「あたしだって、初めは信じられなかったわよ」

「あたし、暎子さんに浴衣の縫い方を教えて頂いたことがある」

モコは急にしんみりして言った。

「あたしだって、プディングの作り方を教えて頂いたことがあるわ」

「信じられない」

二人ははからずも声を合わせて呟いた。こんなとき、いつもの二人ならば大声で笑いころげるはずだった。しかし今夜の二人は、寝床に起き上がったまま、いよいよシュンとなるばかりだった。

7

昨夜来の疲れで、郷原部長は泥亀のように熟睡した。事件は他殺と断定され、捜査本部が四谷署に置かれた。深夜に及んだ捜査会議の結果、犯人は被害者に識鑑（面識）ある者の、痴情または怨恨による犯行という見込みで、被害者、水沢暎子の身辺を洗うとともに、彼女の写真を都内一円の連れこみ旅館に手配することになった。ようやく郷原部長が宿直室の畳に横になった時は、すでに翌十六日朝の五時を過ぎていた。そして八時二十分過ぎに、寝ぞうの悪い吉田刑事に横腹を蹴とばされなかったにしても、それから十分後の八時半には、当直の刑事に呼び起こされたはずだった。

「遠藤巡査が平野清司を任意同行してきました。捜査係の部屋に待たせてありますが、どうしましょうか」

当直の刑事は気の毒そうに部長を眺めて言った。

「すぐに行く。平野は調室へ回しておいてくれ」

部長はあくびを嚙みころしながら言った。

調室の椅子にもたれ、両足をだらしなく投出して、タバコをふかしている平野を見た郷原部長は、思わず息をのんで、彼の鼻下に光っているひげを見つめた。まだ二十三、四の若造と聞いていたが、その横柄にかまえた顔つきは、どうみても三十を越えて見えた。上唇に沿って、綺麗に刈り整えたコールマンひげの、色男を看板にしたような気障《きざ》っぽさに、部長の胸はむかついた。多分、そのひげにふりかけたものであろう、安っぽい香水の匂いが鼻をついた。机を隔てて椅子につこうとする部長を、平野清司は不敵な微笑を洩らしながら迎えた。彼の眼は不眠を示すように充血していた。

「昨夜は眠らなかったらしいな」

「ふん」平野は不服そうに鼻をならした。「いったい、朝っぱらから叩き起こされるてえのは、どういうわけですか」

「まあ、そうむくれないでもらおう。こっちもろくに眠ってないんだ」部長はおだやかに言った。「昨日、六号室の水沢暎子が殺されたことは、今朝の新聞にも出たし、あんたも知ってると思うが、それで同じアパートにいるあんたに役立ってもらえるかもしれんと思って、来てもらったんだ。つまり、水沢暎子についてあんたが知っていることを教えてもらいたいと、こういうわけだ。あんたの任意によって、ここに来てもらったことになっているのだから、あんたの立場は完全に自由だ。あんたはいつでもこの部屋から出て行っていいし、言いたくないことは言わなくてもかまわん。わかるな。しかし、きかれたことくらいは素直に答えてもらいたいし、それが誰のためよりも、あんた自身のためだということを附け加えておく」

「脅迫ですか」

「いや、警告のつもりだ」

「警告か、虫の好かねえ文句だ」

「あんたの好みにあうとはこっちも思っていない」

「合うわけがねえや」

平野はふかぶかとタバコを吸いこむと、やけな仕種《しぐさ》で天井に煙を吹きつけた。

「大分忙しいらしいが、昨日は一日どうしていたね」

「アリバイを出せってわけですか」

「文句はどうでもいい」

「府中《ふちゆう》競馬に行ってましたよ」それでも平野は案外素直に答えた。「第一レースから第七レースまでやって、ハイナシになるまですっちまった。第一レースの発馬は午前十一時、第七レースが午後二時二十分。さんご荘から競馬場まで一時間半はかかるということも、ついでに言っておくかな。馬場や高橋と一緒に行ったんだから、おれの話が本当かどうかは奴等にきくんですね。昨日のレースなら、どのレースでも、着順に馬の名前から騎手の名前まで暗誦《あんしよう》してもいい。おまけに、取りそこなった配当金の額まで憶えてる。遠慮なくきいてもらいたいくらいだ」

「用意周到だな」

「部長さんには気の毒だが、競馬場を出てから今朝までのアリバイも出しておきましょうか。こいつも簡単だ。馬場の下宿で、馬場と高橋と、も一人は女《スケ》だから名前を言うのは止めとこう。とにかく、その三人と一緒にマージャンさ。嘘だと思ったら下宿のばばあに聞けばいい。そして今朝方アパートに帰り、一眠りしようと横になったところを、遠藤のデブ公に起こされたんだ」

言葉を切った平野は、部長を嘲弄《ちようろう》するように唇の端に微笑を浮べた。いたずらに警察を恐れぬ態度はいい、しかし警察をばかにさせてはならぬ。部長はこみあげてくる怒りをこらえた。

「大したアリバイだな。そんな話が警察で通用すると思うのか。甘くみちゃいけないね、そんな話を叩きこわすのは訳ないいんだぜ」

部長は自信ありげに言った。平野の顔は言葉つきにも似ず、その不敵な微笑さえもが、内心の緊張を表わすように硬ばっていた。

「いま、おまえが切った啖呵《たんか》はよく憶えておくんだな、その話はいずれまた聞く機会があるだろう。ところで、おまえはどこで暎子と知合ったのだ」

「おれも銀座のダイアナでは半年ばかりバーテンをやったからね、知らなかったら不思議なくらいだ」

ダイアナ——平野の口から跳びだした意外な名前に、部長はおどろいた。警察の調べがそこまで進んでいると思って言ったにちがいない。平野は部長の驚きに気づかないようだ。

「おまえはいつ頃からダイアナに勤めたんだっけな」

部長は何事も心得たふうに言った。

「去年の正月から夏の終り頃までだったんじゃないかな、忘れちまったよ。わかってることは聞かないで貰いたいね。古いことなんぞ、思い出したくねえ」

「その頃の評判はどうだったんだ、もちろん売れっ子にはちがいなかったろうが」

「ピカ一のナンバーワンだった。それで、古手の女たちには随分厭がらせをやられたりしてたが、とにかく大した人気だったよ。おれなんか足もとにも寄れなかった」

「暎子に、パトロンとか恋人とかいうような男はいなかったのか」

「さあ、どうかな。案外堅い女という噂だったが、ああいうところの女は、店を出たら何をやってるかわかったものじゃねえからな。そういえば、あの女につぎこんで、刑務所まで行ったばか野郎が一人いたっけ」

「そいつの名前は？」

「忘れたね、こっちもそれほど暇じゃねえや」

「思い出せないかな」

「せっかく忘れたことは、思い出さないことにしてるんでね」

「それじゃ聞くまい。話を変えよう。さんご荘に部屋を借りるようになったのは、おまえさんと彼女とでは、どっちが先だ？」

「俺のほうが半年ばかり早いらしい、暎子は今年の正月に越してきたって話だから。しかしおれがそれを知ったのは、つい先月の初めだった。何しろ向こうはほとんど部屋に閉じこもっているんだし、おれのほうはのべつ部屋をあけているんだから、滅多に会わねえわけだ。たまたま同じ電車に乗り合わして、同じ停留所でおりたから、彼女をつけたところがさんご荘に入ったんだ。そのときは驚いたね、少しも知らなかった」

「彼女も驚いたろうな」

「でしょうね」

「おまえが同じアパートにいることを知って、彼女は喜んだかい」

「その反対でしょうよ、お察しのとおり」

「それ以来、彼女と会うようになったというわけだな」

「なんのためにおれが彼女に会うんだ？　それっきりよ。顔もろくに見せやがらねえ」

「でたらめは聞きたくないぜ」

「――」

「おまえが彼女と歩いているところを見たという人間を、呼んでこさせたいのか」

全く自信のないことを言わねばならぬときは、全く自信があるように言うことだ。部長はじっと平野を見詰めた。

「そりゃあ、一度や二度は……」

「一度や二度？」

「いや、会ったといっても、せいぜい四、五回のものさ。暎子も退屈しているらしいし、こっちも退屈なんだ。たまにむかし馴染《なじみ》が会って、コーヒーくらい飲んだっていいでしょう」

「誰も悪いと言ってないぜ。彼女の部屋では何回くらい会ってるんだ」

「かんぐっちゃいけねえ。彼女の部屋へは一度も行かなかった。暎子はおれと知合いだってことを、アパートの連中に知られないように気をつかってたからね。廊下ですれちがっても挨拶をしなかったくらいだ」

「それでは、彼女に会うときは、どうやって誘い出すんだ」

「電話があるじゃないですか。喫茶店の女の子に呼び出してもらえば、管理人のアンコウが喜んで取り次いでくれる」

「昨日はどうだ。彼女に電話をしなかったか」

「くどいな、こっちは競馬に夢中で女どころじゃなかった」

「よし、わかった。今まで言ったことをよく憶えとけよ、調書を作るからな」

「調書?」

「当り前だ。おれが今まで、おまえと無駄話をしてたとでも思うのか。でたらめを訂正するなら今のうちだ」

「ふん、勝手にしやがれ」

平野はふてくされたように椅子にもたれると、足を組んだ。

供述調書をとり終って、平野を帰らせた後の机の上、部長の前には吸殻がいっぱいの灰皿が残った。〝新生〟の吸殻だった。あの気障な、短く薄い口ひげを隠すためには、マスクをかけるか、歯ブラシのように濃いひげをつけねばなるまい。部長は鑑識係の石黒巡査を呼んで、平野が手をついた机の上から、彼の指紋を検出するように命じた。

8

その日の午後、郷原部長は夕刻から開かれる捜査本部会議に備えて、集まった捜査資料を整理していた。

監察医務院から届いた死体検案書は、暎子の死因を青酸カリ嚥下《えんか》による中毒死と断定して、その内容は、慶応大学法医学教室における死体解剖の結果と、ほぼ一致していた。死亡時刻は死体検案の日時から逆算推定して、十五日、すなわち昨日の午前十一時から午後二時までの間と認められ、被害者は毒物嚥下とほとんど同時に昏倒《こんとう》、意識不明となり、三十秒乃至《ないし》数分以内に死亡したものと思われる旨記載されていた。内臓に、睡眠剤を服用した痕跡は発見されなかった。そして、水沢暎子が妊娠三ヵ月の体であったと記されていることも、部長を驚かすには足らなかった。それらのことはすべて部長の推理の中に含まれていた事だった。

郷原部長の大きな眼を剝《む》かせ、首をひねらせたものは、湯呑茶碗から検出した指紋を照会した結果だった。磯貝浜造、四十八歳、元××省用度係長、前科一犯、収賄《しゅうわい》罪、懲役十月——黄色い指紋回答書の記載である。今年の二月十八日、千葉刑務所を仮釈放と附記されてあった。まさかあの磯貝が……、形のいい口ひげを真一文字に蓄えた磯貝浜造の顔を思い浮かべながら、部長は二つの眼玉を剝けるだけ剝いて、腕を組んだ。彼の収賄事件というのは、部長がまだ早稲田《わせだ》署の捜査係にいた頃の事件だ。部長は別の容疑者の収賄事件を調べていたのだが、磯貝との共犯関係が新事実として浮んできたので、彼についても三回ばかり取調べをしたことがあった。結局、その共犯容疑は証拠不十分のため、起訴までもっていけずに潰れてしまったが、磯貝についてはその言葉つきで記憶に残っていた。女のようにやさしい声で話す、いかにも気の弱い男に見えた。彼には妻子もあったはずである。収賄事件そのものは相当に悪質なものだったが、磯貝のように気の弱い者こそ巻込まれやすい類の犯罪で、その彼が人を殺したということは、部長の長年の経験から考えて納得し難いことだった。計画的殺人とは、強い意志と激しい情熱との犯罪なのだ。

——すると、当時磯貝が収賄するようになった間接の原因として、女がいたらしいとは聞いていたが、それが水沢暎子だったというのか。彼女のために刑務所へ行った男がいる、と平野清司は言った。犯行の日に、磯貝がさんご荘に暎子を訪ねて、お茶まで飲んでいることは、もはや動かしようのない事実だ。彼が暎子を殺す理由は、恐らく、ありすぎるくらいあったとしても不思議はない。男と女とは、いつだって互いに殺す理由を持っているものだ。しかし、それでもなお彼女を殺したということが、容易に信じられぬことに変りはなかった。そうだ、部長は自分の考えに都合のいいことを思いだした。磯貝のことなら佐原検事も知っているはずだ、例の汚職事件の主任検事だったのだから。現場に残されたタバコの吸殻から、血液型を検出することは出来なかったのだし、茶碗に附着した指紋だけで犯人を決めることができないのは当然だが、佐原検事にしても、まさかあの小心者の磯貝が暎子を殺した犯人とは信じられないのではないか。部長は自分と同じ考えを持つだろうと思われる者が、ほかにも一人見つかったので、いくらか胸を静めることができた。

　部長はようやく眼玉を常態に戻して、バットに火を点《つ》けようとしたとき、ドアをノックして入ってきた者があった。香月栗介だった。

「何かご用ですか?」部長は不機嫌に栗介を見上げて言った。「受附を通してもらわんと困るね、無断で入ってこられては」

「多分、情報が沢山集まった頃だと思いましてね」

　栗介は勝手にかたわらの椅子に腰をおろすと、図太く言った。

「ない、全然ない」部長は首を横に振った。「情報皆無だ」

「ということは」栗介は皮肉な微笑を浮べた。「犯人の目星がつかんということですか」

「目星はついてる、しかし、情報はないと言ってる」

「おかしなことを言いますね。さっき平野に会ったら、彼は部長に犯人扱いされたといって笑ってましたが」

「笑ってた？　やつが」

「愉しそうにね」

「それからやつはなんと言ったんだ？」

「それだけですよ。部長が名刑事だとは言わなかっただけです」

「畜生、……まあ、いい。平野についてあんたから聞く必要はない。すまんが、今日は捜査会議があるので忙しいんだ。またの日にしてくれんか。約束の情報を提供しないと言ってるわけじゃない」

「会議ですか、そいつはちょうどいい。それならぼくも出席させて下さい」

「ばかを言っちゃいかん。出来たらそうしてやりたいが、出来ませんな。そんなこと出来るわけがない。常識で考えてもらおう」

「会議は何時からですか」

「六時からだ、あと一時間足らずで始まる。今日のところは帰ってもらいたい」

「そうですか、わかりました。しかし、少しは教えてくれてもいいでしょう。死体解剖の結果はどうだったですか」

「わからん、まだ報告が来ない」

「毒物はやはり青酸カリですか」

「くどい。わからんと言ってる」

「しかし湯呑茶碗についてた指紋が、誰のものだったかくらいはわかってるはずですがね」

「それについては、未だ情報提供の段階に至っていない。警察官としての良心に従って、回答を拒否する」

「なるほど、ご立派ですな。良心のお相手は苦手ですから、それじゃあ退散するとしましょうか。しかしね、部長。ぼくの考えをいうと、部長には犯人が見つかりそうもありませんな。まあ、張切って下さい」

香月栗介は部長の顔を見て、唇を歪《ゆが》めるように奇妙な微笑を浮かべると、案外おとなしく部屋を出て行った。

全くけしからんやつだ、今にとっちめてやるぞ、部長は栗介が立ち去ったあともぷりぷり怒っていた。果して彼が犯人であるか、平野清司、あるいは磯貝浜造が犯人であるか、いずれはわかることだ。必ずわかってみせねばならぬことだった。部長はやがて気をとり直すと、受話器を手にとって、警視庁科学検査所へ出掛けている中村《なかむら》刑事を呼び出した。

「どうだ、結果は?」

「死体周辺のビールの量と、部屋の中央部のビールの量との差異については、最終的な結果が出るまでに、なお二、三日かかるそうです。係官の話では時間が経っているので、鑑定が非常に難しく、いずれにしてもあまり参考にならんのではないかと言ってます」

「ふうん、見込みなしか」

「それから被害者が用いたと思われるコップには、馬一頭をらくに殺せるほどの青酸カリが残っていたそうです」

「すごく派手に飲ませやがったな。クリームのほうはどうだった」

「あれは贋物だそうです。一個百円で売っている市販のコールド・クリームを、小さな罐に詰めかえただけらしいですね」

「ふん、そいつが一個千円か。思ったとおりだ」

「詐欺《ギサ》ですね」

「うん、面白くなってきた」

「やつは以前にもこんなことをやってたでしょう」

「香水だ」

「そうでしたね。一度味をしめたら止められないんですね」

「それはそうだよ、こんなうまい話はない」

「二宮の本妻は蒲田《かまた》のほうにいると聞きましたが」

「うん、子供が六人もいる」

「ただいま帰りかけたところですが、ほかに何かご用は？」

「別にない。会議に遅れんように戻ってくれ」

部長は中村刑事の返事を待たずに受話器を離した。そこへ、いかにもくたびれた顔つきの吉田刑事が入ってきた。

「平野のほうは案外簡単にわかりましたが」吉田刑事は報告した。「水沢暎子が睡眠剤を買ったという薬局は、四谷近辺では見当りませんでした。若い女が睡眠剤を常用しているなんて、近所では知られたくないのでしょう。きっと銀座とか新宿とかへ買物に出掛けたときに、デパートあたりで買っていたんですね。そうとしたら、ちょっとわかりません。三人で手分けして当りましたが、結局、無駄でした」

「いや、ご苦労だった。少しも無駄ではない。四谷界隈で買った事実がないと判明しただけでもいいのだ」

「すると、そのほうの捜査は打ち切ってもいいんですか」

「うん、いい」

部長は満足そうに頷いた。この事実は、睡眠剤が、暎子によって就眠のために買われたものではなく、ある第三者によって、犯行後、鏡台の引出しに入れられたことを語ろうとしているのだ。

「ところで、平野のほうはうまくいったのか」

「はあ、チンピラたちに探りを入れたらすぐわかりました」吉田刑事は部長からタバコの火を借りながら言った。「平野、高橋、馬場の三人が、昨日の午後、新橋《しんばし》の場外馬券売場にいたところを見たというのが、四人もでてきました。その四人はやはりこの辺のチンピラですが、仲間がちがいます。この四人のチンピラが日比谷《ひびや》で映画を観る前に、馬券を買おうとして新橋へ行ったときに、平野たちを見たというんです。それが第八レースの発売締切間際だったというから、午後の二時頃ですね。三人とも予想屋の前に立って競馬新聞を覗いていたそうです。平野たち三人のほうでは、彼らの姿を見た四人に気づかなかったろうといいます。第八レースの発馬は二時五十五分ですが、場外馬券はスタートの四十五分前に発売を締め切ります」

「そいつら四人は、馬券を買って、すぐに映画館へ行っちまったのか」

「ええ、そう言ってます」

「平野たちの午後二時前のアリバイはどうなんだ」

「それはまだつかめません。競馬場へ行かなかったことはこれでわかりましたが、朝のうちから新橋にいたという証拠もありません。その晩、馬場の下宿で徹夜でマージャンをしていたというのは本当のようです。うるさくて眠れなかった、と下宿屋のおかみが言ってます。信用できそうな婆さんでした」

「マージャンの仲間に、女が一人入っていたというのは？」

「それは牛乳屋の娘です。自分の家の金庫から二十万円かっさらって、三人も男をつれて温泉を遊び歩いたという、例のズベ公ですよ。最近また赤ん坊をおろしたという噂ですが」

「そうか、ところで、今朝わたしの机から検出した平野の指紋だがね」部長が言った。

「それを石黒くんが分類して、本庁の指紋係へ電話で問い合わせたら、執行猶予中ということがわかった。罪名は傷害、横浜《よこはま》でやった事件らしい。だから、もし平野が犯人でないにしても、やつが昨日の午後一時前後に、何かほかの犯罪《やま》をふんでいたとすると、執行猶予を取り消されるおそれがあるから、その時間に何をしていたかについては、決して口を割らんな」

「そうですか、どうりで近頃おとなしいと思ってました」

「だからやつは、用意がよすぎるくらいにアリバイを考えていたのさ」

「しかし平野はくさいですね」

「くさい。猛烈にくさい。とにかく、野郎のアリバイを徹底的に洗ってくれ。最もくさいのは平野と香月だ」

「わかりました、それから先ほど、鬼頭《きとう》刑事に会って聞いたことですが、被害者がさんご荘の近くの酒屋で、ビールを買ったという事実は見当らんそうです。いずれ鬼頭刑事から詳しい報告があるでしょうが」

「そうか、そうだろうと思ってたよ」

郷原部長は深く頷くところがあった。

「ところで会議の支度はいいのかな」

「さあ、わたしは知りませんが」

「ちょっと様子を見てこよう」

部長がそう言って立ち上がったとき、机の上の電話が鳴った。受附からだった。

「二宮伸七さんという人が、部長に面会したいと言って来てますが」

「ふうん、来たかね、すぐに通してくれ」

部長はふたたび椅子に腰をおろした。

9

二宮伸七はすでに罪の発覚した犯人のように、頭を低く下げながらドアを開いた。

「昨夜はどうも失礼しました」

「いや、こっちこそ失敬した」

部長はにこにこして椅子をすすめた。

「あれからどうしてたね、もう一年くらいになるかな」

「はあ、お蔭さんで釈放して頂きまして、それはもうすっかり心を入れかえて、真面目にやっております」

「そうかい、それはよかった。化粧品の貿易をやってると聞いたけど、儲かるんだろうな」

「とんでもございません、四苦八苦です」

「化粧品はどんなものを？」

「はあ、それはつまりなんでございまして」

「なんだね？」

「いえ、つまり……」

「シャルムの8番といったかな」

「はあ？　よくご存じで」

「うん、うちの娘が使ってるんでね」

「本当ですか」

伸七は眼をまるくして椅子から立ち上った。

「いけなかったのかい」

「いえ、決してそんな」

「それならいいじゃないか。まあ落ち着いて腰をおろしてくれ。今日はゆっくりしていってくれるんだろうね。あんたの部屋も用意してある」

「と言いますと?」

伸七の顔色が変わった。

「一年前に捕まったときと同じだ。詐欺容疑で緊急逮捕する」

「そんな無茶な」

「無茶とはなんだ。百円の安クリームを小さな罎に詰めかえて、それを一個二千円とはぼろすぎる」

「二千円だなんて、それはちがいます、千円です」伸七は口を滑らした。

「千円でも二千円でも詐欺は詐欺だ。ひげがあろうとなかろうと、二宮伸七が詐欺師であることに変りはないようなものだ」

「ひどいな部長さん。自分から出てきたものを途端に捕まえるなんて、こっちが詐欺にあったような気がする」

伸七は泣きそうな声を出した。部長は伸七に構わず、受話器をとると、吉田刑事を呼び出した。

「二宮伸七を緊逮したから、逮捕状を請求してくれ。うん、うん、事実はそれでいい。うん、そこは一罎千円としてたな。……そうだな、今のところは詐欺だけでいい。それから、あんたは捜査会議に出るんだから、請求にはほかの者を行かせるんだぞ」

部長は電話を切った。電話を聞いていた伸七は、蒼白になった。

「今のところは詐欺だけ、と言いますと？」

「なに、例の殺しさ、水沢暎子という女の」

「冗、冗談じゃありませんよ。そんな大それたことをわたしが……」

「わたしだって、おまえさんが詐欺だけならいいと思っている。水沢暎子の部屋にあったシャルム8番はどういうわけだ」

「あ、あれはわたしが暎子さんにプレゼントしただけで、売りつけたわけじゃありません」

「そいつはおかしいな。せっかく千円で売れるものを、ただであげることはないだろう」

「そこはついふらふらと」

「下心があったわけか」

「いえ、別にそんな気持でしたわけじゃ」

「それなら、どんな気持なんだ」

「そこはつい」

「ふらふらと、か」

「へえ」

「ふざけるな」部長は伸七を睨みすえた。「おまえにはれっきとした女房がいたはずだ。その上、お加代さんという人をたらしこんで、それでも不足で、今度は水沢暎子にまで手をのばしたにちがいない」

「いえ、ほんとにそんなわけじゃないんで」

「だから、どんなわけだと聞いてるじゃないか」

「――」

「見ろ、答えられまい。昨日は一日、朝から晩までどうしてたか、詳しく言ってみろ」

「――」

「なんだ、それも答えられないのか」

伸七は崩れるように椅子に腰を落とすと、机に顔を伏せて頭をかかえた。

「答えるのが都合悪ければ、それでもいい。今日は忙しいから、明日ゆっくり調べる。それまでによく考えるんだ。わたしもおまえが殺《や》ったとは思いたくない。しかし、事実はあくまでもつきとめねばならん。わかるな」

部長は立ち上がった。そして最後に、

「お加代さんには内緒にしておこう」

と附け加えた。

10

三月十六日、時刻は午後六時三十分を回ったところだった。佐原検事と浅利事務官を乗せた検察庁の車が、四谷署の前にとまった。先ほどから車の到着を待っていたらしい、白いマスクをかけた男が、素早く車に走り寄って検事と事務官を迎えた。黒縁のロイドメガネをかけ、よれよれの背広を着た男だった。

「ご苦労さまです」

マスクの男は、車から下りた検事に言った。

男は検事と事務官を案内するように玄関の扉を開いて、二人を捜査本部へ導いた。

捜査会議の開かれる捜査本部には、すでに警視庁捜査一課長大林《おおばやし》警視、捜査一課第一係長の鈴木《すずき》警部をはじめ、四谷署長以下、刑事課長所《ところ》警部、酒取《さかとり》警部補、郷原部長刑事ほかの一同が揃って、検事の到着を待っていた。

捜査本部のドアをノックしたマスクの男は、内部の応答を待ってドアを開くと、検事に入室を促した。地検からは、佐原検事と浅利事務官との二人しか来ないものと思って席を用意していた警察側は、一つずつ席をずらして、新来の三人に席を譲った。マスクの男は浅利事務官と酒取警部補との間に、悠然と腰をおろした。マスクの男に向かい合って、自慢のひげを指先でつまむようにしごいているのが郷原部長だった。

どこかで見たことのある男だな、郷原部長はマスクの男を眺めながら首をひねった。——どうしても思い出せない。検事と一緒に来たのだから、地検の事務官には違いなかろう。それならば、どこかで見たような気がするのも当然なのだ。しかし部長には、そのマスクの男を、地検以外の全くとんでもないところで見たように思えてならなかった。マスクの下で、男は時折力のない咳をこぼした。風邪をひいているらしい。近ごろは悪い風邪が流行《はや》っているが、思い出せないというのは頭がボケたようで面白くない。いずれタバコをのむか、食事にでもなればマスクをはずすから、そうすれば思い出せるだろうが……。

しかし、マスクの男はタバコをのまなかった。そして所警部の捜査経過報告に、異常なほどの熱心さで聴き入っていた。その報告には死体解剖のてん末、指紋照会による磯貝浜造の発見、吉田刑事の捜査結果なども含まれていた。

「そうすると」所警部の報告が終るのを待って、捜査一課長が言った。「犯行時刻と死亡時刻とがほぼ一致するとみて、それは昨十五日の正午前後と推定されるわけですな」

「そういうことですが、わたしはひげの男を見たという新川加代の供述を、最も犯行に密接したものと考えて、犯行時刻を午後一時頃にしぼってもいいと思います」

神経質そうな痩身の捜査一課長とは対照的に、答える所警部は堂々たる恰幅《かっぷく》の、ゆうに二十貫は超えるかと見られる体軀《たいく》だった。

「犯人の遺留品らしいものは、とうとう出ませんか」

今度は佐原検事が言った。

「はあ、男っ気のするものは、髪の毛一本見当らないといえるくらいです」と郷原部長。

「磯貝浜造の所在はわかってるんですか？」

ふたたび佐原検事がきいた。

「わかってます。千葉刑務所へ問い合わせたところ、仮釈放のときの帰住地がわかりました。杉並《すぎなみ》区の松《まつ》ノ木町《きちよう》です。杉並署からの報告では妻子と一緒に間違いなく住んでいるようです。まだ磯貝本人には直接当っていませんので、アリバイの点はなんとも言えませんが」

所警部が郷原部長に替わって答えた。

「ぼくにはどうも磯貝が殺《や》ったとは考えられないのだが」検事は首をひねるようにして言った。

「磯貝の収賄事件はぼくが担当して起訴したので、彼のことは相当によく知っているつもりなんだ。どうしても人を殺せるような男とは思えない。どうだろうね、郷原さん、あんたも彼のことは知ってるはずだが」

「実はわたしも今、そう考えてたのです」郷原部長が言った。「気の小さい、女みたいな感じの男で、とても暎子殺しの犯人とは思えません。もちろん、気の小さいのに限って、逆上した結果、とんでもない事件を起こす奴もいますが、彼は女のことで自分を忘れるほど逆上するような男じゃないと思います。彼は気が小さいにしても、冷静な、計算高い奴じゃないでしょうか」

「そうなんだ。磯貝は金のために女を殺すことはあっても、愛情のために女を殺すような奴とは考えられないんだな」

検事は考えこむように、腕を組みながら言った。肌の浅黒い、口もとの締った男らしい顔立ちの、度の強そうな近眼鏡の奥で鋭く光る眼は、将来を嘱望される気鋭の青年検事として、元検事長の令嬢との婚約を噂されるに相応《ふさわ》しかった。

「とにかく」検事は言葉を続けた。「犯行当日、磯貝は被害者の部屋に指紋を残しているんだから、アリバイを洗ってみる必要があるな。ぼくには彼が殺《や》ったとは思えないが、先入観にとらわれているわけじゃない。あるいは、彼が殺ったのかもしれないのだ」

「磯貝の逮捕状をとってもらうわけにはいかんでしょうか」

酒取警部補が検事に言った。酒取警部補の強引さは、彼が歯は磨いても顔は洗わないという生活信条とともに聞こえている。顔を洗うと、必ず風邪をひくというのは、生理学的根拠はない。そして犯人だから逮捕するのではなく、自分が逮捕したのだから其奴《そいつ》は犯人だというのだ。論理を超えているというよりも、危険な論理である。もちろん酒取警部補も、その危険については承知の上で自重している。

「いや、まだ早いだろう。強制捜査はできるだけ避けたほうがいい。よほどの確信がなければ、逮捕状はとるべきじゃない。それに、今までに集まった資料だけでは、裁判所が逮捕状を出してくれるかどうかわからんよ」

「わたしは磯貝よりも九号室の平野清司と、一号室の香月栗介が怪しいと考えてるのですが、どうでしょうか。特にこの香月という男はくさいとにらんでいます」

郷原部長が体を乗り出して言った。

「郷原さん、その香月というのは、さっきの刑事課長の報告にもあったが、何をやって生活してるのですか」検事がきいた。

「そう言われますと、ちょっとお答えしかねますが、とにかく部屋の入口に〝香月私立探偵社〟というばかでかい看板をさげて、当人はそこの社長だと言ってます。社長といっても部下がいるわけではなく、いわゆる社長兼給仕というやつです。事件の依頼もろくにないらしく、本職のほうは飯のタネにならんようです。もっとも、本人は画家が本職だと言ってますが、とにかく気ちがいが描くような、訳のわからん下手くそな絵を描いて得意になっています。もちろん、それは金になりません。気ちがいだって、あんな絵は買わんでしょう。そこで調べてみたところでは、町内に〝ひねもす碁会所〟というのがあります。そこの亭主と香月栗介とが、学生時代からの友達とかで、彼は〝ひねもす碁会所〟名誉顧問ということになっています。それで、月に五、六千円の顧問料をもらっているらしいんです。もちろん、それだけでは暮らせませんから、ことによると、事件の依頼をタネに、恐喝《かつあげ》でもやってるんじゃないかと思いまして、実はそのほうも調べています。しかし、恐《お》喝《ど》屋《し》にしてはひどい貧乏と見ました」

「香月というのは、そんなに碁がうまいのか」

　捜査一課長がたずねた。

「上手らしいです」と郷原部長。「段位はないそうですが、なんでも玄人《くろうと》の三段とやって、軽く勝っちまったといいます。町の碁会所にのべつ集まっている連中の中には、ひょっとすると素人離れのした、とてつもなく強いのがいるそうです」

「年は四十七とか聞いたが、妻子はどうしているのだろう」

　一課長が続けて言った。

「子供はありません。妻とは別れたようです」部長は手帳を見ながら答えた。「満州からの引揚者ですが、満州で何をやっていたかはわかっていません。本人は決して満州時代のことを話したがらぬそうです。毎年正月の三日に、アパートの居住者が管理人室に集まって宴会をやるそうですが、去年の新年宴会のときに、彼が馬賊の唄をうたったから、馬賊だったのではないかという者もいます。内地に引揚げてからは、輸出向の玩具をつくる工場を、一昨年《おととし》の春まで経営していたことがわかっています。工場といっても、工員が十人程度の小さな町工場で、会計を預けていた男に使い込みをされて、工場は潰れました。多分それが原因と思うんですが、それから間もなく女房と別れています。離婚の真相は、女房が会計係に金を持ち出させて一緒に駆落ちしたという者もいますし、生活能力がないので女房に追い出されたという者もいます。住民登録を調べますと、離婚と同時くらいに、彼は一人でさんご荘に転入したことになります。香月栗介が私立探偵社の看板を掲げたのは、去年の二月からですが、どういう事情で探偵をやりだしたのかはわかりません。まさか、馬賊の経験が役立つと考えたわけでもないと思います。あの年では、新しい勤め口も見つからんでしょうから、おそらくは探偵小説にでもかぶれて、探偵づいたというところかもしれません」

「満州からの引揚者といえば、被害者の水沢暎子も満州にいたというじゃないか。その辺に何か、事件の鍵が落ちていそうな気もするな」検事が口をはさんだ。

「そうです」と郷原部長。「その点についても捜査を進めていますが、何しろ被害者が、親兄弟のない孤独な身の上でしたし、香月の自供でもなければ、二人の関係をつかむ手がかりは、全く得られないというのが現状です」

「アリバイはどうなのだ」

佐原検事は熱心につづけた。

「あるとも、ないとも言えます。つまり、昨日は朝八時半頃眼を覚まして、管理人の安行ラクが事件を知らせにくるまで、ずっと自室で絵を描いていたといっています。証人はいません。ただ、正午《ひる》すぎ頃、管理人室に香月が現れて、十分ばかり安行ラクと無駄話をして、その間に、ラクが出したゴマ入りセンベイを食べて、部屋に戻ったという彼自身の供述については、ラクも同じことを言っています。彼はほとんど一日中部屋に閉じ籠っていたことになります」

「くさいな」検事は言った。

「そこが最もくさいところです」

部長は力んで相鎚をうった。

「動機はあるんですか?」

浅利事務官が発言した。

「これはわたしの想像にすぎませんが」部長は張切った。「香月栗介は水沢暎子に惚れてたんですよ。言い寄ったところが、断られたことでもあるんじゃないでしょうか。さもなければ、満州時代に何かあったんですね」

「しかし満州時代といえば、被害者はまだ子供だったでしょう」

浅利事務官は部長の説に疑いをはさむように首をかしげた。

「それでは、香月栗介についてはさらに捜査を進めるとして、平野清司を検討してみようじゃありませんか。わたしは平野を見逃がすことはできんと考えている」所警部は会議の進捗を促すように言った。警部は栗介よりも平野を怪しいとにらんでいるのだ。「まず平野清司のアリバイについて、酒取くんから話してもらおう」

「アリバイはありません」酒取警部補が言った。「昨日の午後二時頃、新橋の場外馬券売場で、彼が二人のチンピラと一緒にいるところを見た者がいますが、とにかく奴の自供したアリバイは、全部でたらめです。平野のアリバイ工作を手伝った馬場と高橋というチンピラを叩いたところ、二人は偶然新橋で平野に会ったことを自供しました。それがやはり、午後の二時頃だったそうです。そのあとで、三人が女一人を交えて馬場の下宿に行き、徹夜でマージャンをやったという話は本当のようです。彼は前科三犯、そのうち最後の一犯については執行猶予中です」

「平野の素行は」

　捜査一課長がきいた。

「まず典型的なぐれん隊でしょう」酒取警部補が続けた。「チンピラの間で羽ぶりをきかしているところをみると、相当の悪とみられます。ヒロポンで二度ばかり検挙しましたが、いずれも罰金で済む程度の事件でした。とにかく遊んで食っていますし、何か犯罪《やま》をふんでいるにはちがいありません。四谷辺のバーなどで、時折派手に遊ぶことがあるようですから、この際、その金の出所もつきとめたいと思っています。今朝方、彼が任意出頭したので、郷原部長が調べましたが、猛烈に頑固なガキのようです」

「彼は被害者と知合いだったというけど、動機の点はどうなのだろう」

佐原検事が言った。

「動機は出てます」

と答えた酒取警部補のあとをうけて、所警部が、

「平野は外で被害者にしばしば会っているんです。彼はコーヒーを飲むだけだと言いますが、事件の前日に、被害者が香月栗介を訪ねて、ある男につきまとわれていると訴えた。その ある男を、わたしは平野とにらんでいます。彼女は平野と知合いであることを、アパートの者に隠そうとしていたくらいだから、彼を嫌っていたことは想像できます。すると、なぜ彼女が平野の誘いにのって、出掛けていったかということです。ここで考えられることは、彼女には何か人に知られたくない弱みがあって、その弱点を平野が握っているのではないかという点です。彼女は彼に脅迫されていたにちがいありません。それが警察にも知られたくないことだったので、香月という私立探偵を訪ねたのではないでしょうか。すでに彼女は妊娠三ヵ月という体で、相当深い関係にあった男がいたんです」

「その、彼女を妊娠させた男こそ問題じゃないのかな」浅利事務官が言った。「その男についてはまだ何もつかんでいないのでしょう。時折アパートに電話して、彼女を連れ出した男が、果して彼女の胎児の父親であったかどうかさえわかっていないのだ。旅館に手配した写真については、情報はないんですか」

「まだありません」酒取警部補が答えた。

「アパートの居住者で、ほかに怪しい者はいないのかね」

検事が郷原部長のほうを見て言った。

「目下のところは香月と平野だけです。管理人のラクは、十年ほど前に亭主に死に別れた後家さんですが、アパートの持主がラクの兄貴とかで、それで管理人におさまっているんです。近くの娘たちに生花も教えていますが、弟子は十四、五人しかいないという話です。彼女が死体を発見した模様などについては、怪しいふしは見当りません。以下部屋の番号順に申し上げますと、香月栗介のとなり、つまり二号室には、山形という夫婦が娘と三人でいます。娘というのは例のひげの男を見たという少女ですが、両親とも保健所に勤めていまして、アリバイはしっかりしています。三号室は緒方《おがた》モモコに福田《ふくだ》ノリコという若いタイピストが、共同で部屋を借りていますが、これもアリバイは確かです。四号は欠番になっているので、次は五号室ということになりますが、ひげの男を見たという新川加代がここにおります。先ほどの課長のお話にもあった二宮仲七の妾です。念のために調べましたが、不審の点はありません。二宮仲七のほうは一応問題になりますが、これは殺人事件の副産物とみたほうがいいようで、明日にでもなれば、アリバイを立てなければならぬと観念して、詐欺して歩いたところを自白するでしょう。次の六号が被害者の部屋ですから、廊下を隔てて反対側へ移ります。玄関を入ってすぐ右側が香月のいる一号室で、その向いが管理人室になりますが、管理人室のとなり七号は、二週間ほど前から空室になっています。会社勤めの独身の青年が入っていましたが、交通事故で死亡しました。その事故は、わたしどもの交通係で扱いましたから間違いありません。そのとなりが八号室、三十四歳、独身の女性で第三小学校の教員をしています。アリバイを証明する生徒が五十人もいるというわけで問題になりません。最後の九号室、被害者と斜向いの部屋が平野清司です。以上で全部です」

「とにかく、問題はひげの男だな。そいつをはっきりさせんことには、どうにもならんね」めぼしい成果のあがらぬ警察の捜査を、佐原検事は軽く責めるように言った。「タバコ屋のおかみが見たひげの男、少女が見たひげの男、新川加代が見たひげの男、この三人のひげの男は同一人なのか、それとも、三人とも別人なのか。香月栗介にひげがある、平野清司にひげがある、その後剃り落としていなければ磯貝浜造にもひげがあるはずだ。それに二宮伸七にもひげがあるというじゃないか」

郷原部長は検事の言葉を聞いて、思わず自分のひげに手を伸ばした。そして言った。

「たしかに、ひげの男が問題です」

しかし附けひげということもある、と言おうとしたとき、ドアをノックする音があった。

原宿《はらじゅく》警察署の大迫《おおさこ》警部補だった。

「被害者の手配写真について、旅館から情報が入りましたので、報告にまいりました」

「やあ、ご苦労さんでした。早かったですな」

所警部は顔をほころばせて、椅子をすすめた。

「六人の刑事に手分けしてもらって、管内の旅館全部を当らせましたが」大迫警部補は大きな体を小さな椅子に落として言った。「一軒の旅館、睦月《むつき》荘といいますが、ここに、被害者はある特定の男と二人で、昨年の九月十日から十二月二十九日迄の間に、二十二回にわたって宿泊または短時間の休憩をしております。約五日に一度の割になりますが、その内訳は宿泊十五回、休憩七回です。その間、当署管内で、他の旅館を利用した形跡はありません。宿帳の記載は偽名と思われますが一定していまして、男は山下一夫《やましたかずお》、女は妻英子《えいこ》となっており、きれいな字で、女文字のようです。私もその旅館の女中に会ってみましたが、男というのは背丈なども普通で、はっきりした特徴はつかめません。黒縁のロイドメガネを掛け、口ひげを生やしており、やさ型のちょっとした男前だったといいます。年は四十前後じゃないかといいますが、ひげのせいで老《ふ》けて見えたかもしれません。ひげの型は、歯ブラシのようなといいますから、私は郷原部長のひげを思い出しました」

このとき一同の眼が部長に注がれたが、笑う者もなく、言葉をはさむ者もなかった。誰もが真剣に耳を傾けていた。

郷原部長はぐっと唇をかみしめた。

大迫警部補は話をつづけた。

「被害者には非常にやさしかったようで、旅館に対してもうるさいことは言わないし、金払いもいいので上得意だったそうです。いえ、足が悪いようなことはないと、女中ははっきり言いました。その旅館には昨年十二月二十九日限りで、その後は一度も現れていません。今年に入ってから正月十一日に、きさらぎ荘という、これも連れ込み専門みたいな旅館で、睦月荘とは国電の線路を越えて反対になりますが、そこに一泊しています。きさらぎ荘を利用したのは、その一回きりです。それからは一週間乃至二週間の間をおいて、他の旅館に泊ったり、休憩に利用したりしていますが、同じ旅館に二度行ったという事実はありません。今年に入ってから、宿帳の記名はその時その時のでたらめで、二人とも異っており、やはり同じ女文字で記入しています。最後は今月八日、みよし旅館で、その晩は泊って、翌《あく》る日が日曜だったので正午近くまでいたそうです。手配写真の女に間違いないと言ってますし、男の人相も、睦月荘の女中の供述と大体一致しております」

大迫警部補の話が終った。

「いったいどういうことだ」

所警部が呟いた。

「どういうことなのだ、これは」

郷原部長も同じように言ってうなった。

11

水沢暎子を伴って旅館に現れた男が犯人とすると、十二月二十九日と正月十一日との間に、旅館を替えねばならぬ何事かが、犯人の上に起こったにちがいあるまい。磯貝浜造は、当時千葉刑務所に服役中で、二月十八日に釈放されたのだから問題にならなくなる。香月栗介と平野清司にはその可能性があるが、栗介はどうみても男前ではないし、平野ということも考え難い。とすれば、どういうことになるのか。捜査は振出しに戻って、新川加代らが見たという、ひげの男を探すことから始めねばならないだろう。ところが今の捜査では、その男は磯貝浜造以外に考えられないのだ。

会議の席上では佐原検事、捜査一課長をはじめ、吉田刑事等第一線の刑事も加わって、活発に意見が交換されていたが、それらは、自分の考えに夢中になっている郷原部長の耳に入らなかった。しばらくして、ようやく部長の耳に入ったのは「ここらで休憩して、食事にしようじゃありませんか」と言った所警部の声だった。

食事と聞いて、緊張した空気がにわかにほぐれたようだった。

「吉田くん、太平軒へ電話をかけてくれんか」部長は急いで言った。「注文は前にしてあるから、言えばわかる。準備はできているはずだ」

「またカツ丼ですか」

いつでも太平軒のカツ丼だ。うまくないのだ。吉田刑事はうんざりしたように部長の顔を見た。

「そうだ、それから一つ追加するのを忘れんようにな」

部長は、最前から黙々として一同の話に聴き入っていたマスクの男を、横目で見ながら附け足した。吉田刑事が席を立つと、間もなくマスクの男も隣席の浅利事務官に会釈をして部屋を出た。小用を足しに行ったのだろう、部長はそう思っていた。

「検事さんの御結婚の日取りは、もうお決りなんですか」

酒取警部補がタバコに火をつけながら話しかけた。

「いや、まだ何もそうと決った話じゃありませんよ」

佐原検事はてれくさそうに笑って言った。

「しかし、はっきり言っていただかないと、われわれのほうで、お祝いを差し上げる都合がありますからね」

「参ったな、どうも」

検事は救援を求めるように、浅利事務官に目をやりながら頭をかいた。

「樫井《かしい》弁護士のお嬢さんと聞きましたが、たいそう美人だそうじゃありませんか」

酒取警部補はなおも執拗につづけた。日頃、事件のことでは検事にしぼられているから、このときとばかりひやかしているのだ。

席上の話題は、佐原検事の縁談の話から水沢暎子の貯金の話になり、あちこちに話が拡がって笑い声があがった。

「それにしても三十七万円も貯金してたとは、女というものは金を持ってるものですな。わたしなんぞ貯金どころか、今もって月賦に追われてる」

所警部は磊落《らいらく》に笑いながら言った。

「全くですね、近ごろの女性は立派なものです」

酒取警部補が応じた。

それらの談笑をよそに、郷原部長はマスクの男の行方が気になっていた。部長は念のためにトイレットを覗いてきた。誰もいなかった。マスクの男は何処《どこ》へ行ったのか、部長の心は次第にさわいできた。

やがて、威勢のいい出前の声とともにカツ丼が届けられた。それでもまだ、マスクの男は戻らなかった。部長は不吉な予感に駆られて、浅利事務官にたずねた。

「おとなりにおられた事務官は帰られたんですか？」

「いや、知りませんよ」浅利事務官は怪訝そうに答えた。「警察のかたじゃなかったんですか。地検の者じゃありませんよ」

「しまった！」

部長はドアを蹴飛ばすようにして部屋を出た。マスクの男を追って、廊下を走る部長の顔色は変っていた。しかし、その追跡が徒労であることを、部長は部屋を跳出す前からわかっていなければならなかったろう。マスクの男は、立去ったあとの埃《ほこり》も残さなかった。部長は呆然として、暗い夜の舗道に立ちつくした。

12

捜査会議は、マスクの男の闖入《ちんにゅう》とその失踪とによって、収拾のつかない混乱に落ちた。自他ともに許す捜査陣のヴェテランが、揃いも揃ってしてやられたのだ。捜査会議の席に犯人らしい男が堂々と乗りこんで、捜査の秘密をことごとく聞き届けた上、警察の正面玄関から悠々と姿を晦《くら》ましたのだ。警視庁設置以来未曾有の不祥事といわねばならなかった。会議に出席した誰もが、その男の存在に気附いていながら、誰一人怪しもうとしなかったのである。警察側は彼を地検の事務官と思い、地検側は彼を警察署員と信じて疑わなかった。この両者の盲点をついて、会議の椅子を占めた狡智《こうち》と大胆さとは、これも犯罪史上に類例をみない不敵の振舞いだった。捜査陣は犯人になめられていると言われても致し方なかった。これが新聞記者にでも嗅ぎつけられたら、そのままに済むことではない。世論の糾弾はもとより、全員戒告の上、左遷は免れぬところだ。一同は唇をふるわせて憤激した。わけても、マスクの男のためにカッ丼の追加注文までしてやった郷原部長の忿懣《ふんまん》はすさまじく、屈辱は耐えがたいまでに彼の胸を絞めつけた。堅く握りしめた両の拳が、膝の上でぶるぶると顫《ふる》えた。しかしすべての怒りは、すでにマスクの男が失踪した以上、彼等自身の上に向けられるほかのない性質のものだった。一同は歯を食いしばっても、この屈辱に耐えるほかはなかった。マスクの男の嘲笑を聞くまでもなく、会議に出席した誰もが、底ぬけに間抜けの好人物だったのだ。

しかし、今は歯を食いしばってのみいられる時ではない。所警部の指揮で、直ちに三人の容疑者の所在を確かめるために刑事が飛んだ。

香月栗介は自室の中央に吊るしたハンモックに潜りこんで、隣室から聞えるラジオの音楽に耳を傾けていたし、不在勝ちの平野清司も珍しく自分の部屋にいて、薄汚れた万年床に寝そべっていた。そして磯貝浜造も、家庭にくつろいだ丹前姿に、いささかも取乱した様子は見えなかった。

だが、マスクの男が失踪した時から、捜査会議の混乱を経て、三人の刑事が警察を出るまでには、三十分を越える時間がむなしく費やされていたのだ。マスクの男にそれだけの時間があれば、さんご荘はもとより、最も離れた磯貝の家へまでも、タクシーを拾って帰宅するに充分だった。郷原部長は自分の顔を殴りつけたい気持だった。

磯貝浜造の自宅にとんだ刑事は、明十七日午前九時、四谷署に出頭されたいという所轄部の言葉を、彼に伝えた。

四　ひげのある推理

1

　磯貝浜造は、午前九時に一分の狂いもなく出頭した。取調べに当るのは、彼に面識のある郷原部長がよかろうというので、部長が調べることになっていた。

　まさか磯貝が犯人ではあるまい、部長は今朝方までそう考えていた。ところが、磯貝が出頭したと聞いたとき、まさか彼が犯人では――、と呟きかけた自分の胸の中に、ふと、彼に対する疑惑の影が重く沈んでいるのに気がついた。――おかしなことがあるもんだ、部長は調室への廊下を歩きながら、独り言を呟いた。それは一昨日《おととい》以来、失策つづきの部長にとって、またしても不吉な予感というべきだった。磯貝浜造に向い合った部長は、初めて平野清司を見た時とは反対の理由で、思わず息をのんで相手の顔を見つめることになったのである。彼に当然あるべきはずのひげがないのだ。灰色のコートを腕に抱えて、どこか体でも悪いのか、元気なく椅子に腰を落とした浜造は、別人ではないかと思うほど人相が変って見えた。ひげの有無が、こんなにも人の顔を変えるものか。かつて、部長の知っていた磯貝浜造の姿は、ほとんどその面影を消していた。

「いつ出てきたんですか」部長は素早く平静をとり戻して言った。「割合早かったじゃありませんか」

「はあ、おかげさんで、先月の十八日に仮釈をもらいました」

上眼遣いに、部長の顔を盗み見るように答える磯貝の眼差しは、その顔色から何事かを読みとろうとして、不安そうにまたたいた。

「そうですか、それはよかった。ま、体を楽にしてタバコでものんで下さい」

部長はタバコを出して、彼にすすめた。

「いえ、ございますから」磯貝はポケットから〝新生〟をとりだすと、反対に部長にすすめた。

「どうぞ、こちらのをお吸いになって下さい」

「いや、わたしはこれで結構、これが好きなんですから」部長はバットに火をつけながら言った。「それはそうと、ひげを剃られたようですな、折角のものを、どうして落としてしまったんですか」

「いえ、別に大した理由はないんです。仕事の関係で、ひげなんかないほうがいいと人に言われたもので、思い切って落としてもらいました」

「ほう、それは惜しいことをしましたな。いつ頃落とされたんです」

部長はさりげなくきいた。

「一昨日です」

「一昨日？」

思わず部長は問い返した。一昨日といえば、暎子が殺された日だ。ことによると磯貝は、警察の問いに対する答を、すべて用意してきたのではないか。部長は緊張した。彼が何を言おうとも驚いてはいけないし、あわててもいけない。特に自分の心の動きを、相手に知らせてはならぬ。

「それで今は、お仕事のほうは？」

部長は話をそらした。

「それが、あんな事件を起こしたもので、思うような仕事がありません。体の調子もよくないんですが、友だちの世話で、今月から文房具の外交みたいな仕事をやらしてもらっています」

「そうですか、それはご苦労なことでしょうな……、ところで」部長は磯貝の顔を見つめて言った。「わざわざ御足労願ったのは、ほかのことでもないんだが、実はこの近くの四《よ》谷《や》坂町《さかまち》にあるさんご荘というアパートで、水沢暎子という若い女が殺されましてね。ご存じでしょうな、この事件は？」

「はあ、新聞でちょっと見ましたが、それが何か私に関係でも？」

磯貝は納得のゆかぬ顔で部長を見た。

ふん、とぼけるつもりか、部長は心をゆるめなかった。

「お互いに、無駄な手数をかけるのは止《よ》そうじゃないか」部長はそれまで浮べていた微笑を消した。「言いたくなければ、もちろん言わんでいい。しかし、こっちが何も知らんと思ったら、大きな間違いだぜ」

磯貝はみるみる蒼白になった。

「水沢暎子とは、いつ頃から知合ったんですか」

言葉はやさしいが、部長の語気は鋭かった。

「――」

「言えないのか」

「――」

磯貝浜造は口を噤《つぐ》んだまま、頭を垂れた。額に汗がひかった。

「十五日、一昨日のことだ。あんたは何をしに、彼女のアパートへ行ったのかね」

「――」

「返事ができないのか」

部長は声を荒げた。磯貝の肩がガックリと落ちて、項垂《うなだ》れた額が机に届いた。何か芝居じみた動作に見えた。

やがて磯貝が顔を起こしたとき、部長は決めつけるように言った。

「そうか、やっぱりおまえが殺《や》ったのか」

「いえ、私が殺ったんじゃありません。騙されたんです、私は罠にかかったのです」磯貝は烈《はげ》しく首を横に振り、頬を紅潮させて言った。「一昨日、確かに私は暎子の部屋へ行きました。十一時に部屋で会いたいという暎子の伝言があったからです」

「なに？　いい加減なことを言っても騙されんぞ」

「いえ、本当です、信じて下さい」

磯貝の顔には真剣さが表れていた。

しかし、真剣な表情で無実を訴える犯罪者に食傷している郷原部長は、いかにしてそれを疑うべきかを知っていた。

「とにかく聞こう。筋道立てて話してくれ」

「私が初めて暎子を知ったのは、ダイアナという銀座のナイトクラブでした」

部長の顔を縋《すが》るように見つめて、浜造は静かに言った。しかし彼は、鋭く光る部長の視線に耐えられないように、すぐに眼を伏せた。

「年甲斐もないことですが、初めて彼女に会って以来、私はまるで熱病にでもかかったように、妻子もかえりみず、ダイアナに通い続けました。私のサラリーなどは、十日もダイアナへ行けば消えてしまいます。収賄事件の裏にはこんなこともあったのです。しかし暎子という女は、冷いというか、堅いというか、私の気持などは少しも酌《く》んでくれません。そんなわけで、ダイアナでは、私も不相応な金を随分費いましたが、暎子個人に、金銭や物を贈ったことはありません。そんなことをしても、決して彼女は受け取らないのです。私のほかにも、彼女目当てに通った者が何人かいたようですが、いずれも私同様で、ていよく撥ねられていたようです」

「その、あんた以外にも彼女に参っていたというのは誰かね」

「顔は憶えていますが、名前は知りません。フーさんとか、プーさんとか、みんなそんなふうに渾名《あだな》をつけて呼んでましたから。彼女は年輩の男に好かれる女でした」

「うむ、先を続けてもらおう」

部長は少しの間考えていたが、話の先を促した。

「そのうちに、私は例の事件で逮捕されましたから、彼女とはそれっきりになってしまいました。私が拘置所にいる間も、彼女は面会はおろか、ハガキ一枚くれませんでした。私も悪い夢から覚めた思いで罪に服しまして、彼女のことも諦めるというより、すっかり忘れていました。いや、忘れたと言うと、嘘になります。なぜなら、刑務所を出てから、一度も彼女に会おうとしなかった私ですが、彼女からの伝言と聞いただけで、むかしのような気持に戻ってしまったからです」

「少し回りくどいな。そこのところを、もう少し率直に、わかりやすく話すわけにはいかないのか」

「はい、申しわけありません」浜造はうつむいたまま言った。「その伝言があったのは十四日です。夕方になって、私が仕事から会社に戻りますと、ある男の方が正午過ぎ頃私を訪ねてきたと給仕が言いました。その男の人というのは、黒いベレエをかぶり、白いマスクをかけてたと言います」

「メガネは」

「いえ、掛けてなかったそうです。男は、明日の午前十一時にアパートへ来て欲しいという、暎子からの伝言を頼まれたと言ったそうです。男は水沢から頼まれたと言っただけですが、私にはそれが、すぐに暎子だとわかりました。ほかに水沢という姓の者を知らないからです。そして給仕は、暎子の住所を書いた紙片を私に渡しました。それまで私は、彼女の住所を知らなかったのです」

「その紙片を持ってるかね」

「手帳に写しとって捨てました。それはマスクの男に言われて、給仕が書いたものですから、警察のお役には立たなかったと思います」

「なかなか用意周到だな」部長は磯貝から眼を離さずに「その男は、ほかに何も言わなかったのか」

「はい、水沢に頼まれたといえばわかるはずだからと言って、口頭で、彼女の住所を書き取らせると、自分の名前は言わないで、帰ってしまったそうです」

「すると、その男は暎子からおまえさんあての伝言を、さらに伝言しに来たというわけか」

「そういうことになります」

「その伝言のあった日だが、その日の正午頃、またはそれ以前、つまりあんたの外出中に、ある男からあんたのところに電話があったというようなことはなかったかな」

部長は何を考えているのか、神妙な顔つきできいた。

「そう言われますと、ございました。正午近くだったそうですが、男の声で電話がありまして、給仕が不在だと申して用件を尋ねますと、それでは夕方にまた電話をするからといって切ったそうです」

「しかし、それきり電話はなかったというんだろう」

「そのとおりです」

「心当りはあるかね」

「別にありませんが、仕事の関係で、そんなことは珍しくないので、気にかけませんでした」

「なるほど、その先を続けて」

部長は何事か思い当ったように、眼を輝かして促した。

「翌日の十一時という時間がどんなに待ち遠しかったか、彼女の伝言について、いかにさまざまの甘い想像をめぐらしたかは、くどくど申しません」

「うん、そのほうがいい。事実だけを話してもらう」

「翌日は土曜でしたし、私は出先から会社に電話をして、十時頃には仕事を切上げました。都電を下りて、角のタバコ屋で聞くと、さんご荘はすぐにわかりました」

「その日の服装は」

「現在と同じです。コートを着ていました」

「帽子は」

「ベレエをかぶっていました。仕事のときは無帽ですが、仕事と私生活のけじめをつけるために、仕事を離れた場合は、黒いベレエをかぶることにしていますので」

「ひげは」

「そのときはまだ生やしてました」

「まだ、というのは」

「ひげを落としたのは、その日の夕方です」

「うむ」部長は感情を押しころした。「それから彼女のところへ行ったわけだな」

「そうです。アパートの玄関で遊んでいた女の子に聞くと、彼女の部屋はすぐにわかりました。暎子は私を見て驚いたようでした。伝言のことを言いますと、全く憶えがないというのです。それなら誰がこんな悪戯《いたずら》をしたのか、と私は言ってやりました。彼女は憤慨した様子でわかっていると言いました。しかしその名前は、どうしても言いません。全くひどい奴がいるものです。暗い谷間から明るい丘に救い上げられたと思った途端に、ふたたび谷底へ蹴落とされた気持です。彼女は明らかに、私の来訪を迷惑がっている様子でした。私も居心地が悪く、何も話す気力がなくなって、間もなくアパートを出ました。ですから私が彼女の部屋にいたのは、せいぜい十五分か二十分くらいのものです。暎子を殺したという疑いが、もし私にかかっているなら、私は犯人の仕掛けた罠に落ちたのです」

「うむ」

部長はじっと磯貝の顔をみつめたまま考えこんだ。彼の供述が真実だとしたら、どういうことになるのか。犯人は十四日の正午近くに、磯貝浜造の会社に電話をかけて、彼が不在であることを確かめた。その上で、外出中の磯貝を会社に訪ね、暎子からの伝言だと言って、彼女の住所を給仕に書き取らせて立ち去った。そして翌十五日、伝言を信じた磯貝は暎子をさんご荘に訪ねたが、すげなくあしらわれて二十分かそこらで帰った。殺人はそのあとで行われたと見るほかはない。彼がアパートから帰る姿は、タバコ屋のおかみが見ている。しかし午後一時頃に、新川加代もひげの男を見ているのだ。磯貝はいったんさんご荘を去ったとみせて、裏口からふたたび戻ったのではないか。巧妙な偽証者は事実のすべてについて否認するようなことはしない。九十五パーセントの真実を語り、最後の五パーセントについて、もっともらしい虚偽を語るのだ。

「あんたがアパートへ行ったとき、暎子が生きていたことに間違いはないな」

「間違いありません」

「彼女の部屋を出て、その先は」

部長は続けた。

「玄関から、来たときと同じ道を通って帰りました」

「まっすぐ家へ帰ったのかね」

「いいえ、家へ帰るには時間が早いもんですから、途中、新宿で映画を観ました」

「映画館の名前は」

「新宿映画劇場です」

磯貝はよどみなく答えた。

「演《だ》しものは」

部長はなおもたんたんと質問を続けた。眼つきだけが、静かに獲物を追う猟師のようにひかっていた。

「確か『犯人は誰だ』という題でした」

「探偵映画か」

部長は小さく呟いた。題名が気に入らない。

「そうです。アメリカのものでした」

「映画の筋を話せるかね」

「はい、大体のことは。二日前に観たばかりですから」

磯貝浜造は記憶を辿るように時折言葉を跡切《とぎ》らせながら、映画の筋を話した。——観客にはすでに犯人がわかっているのに、警察側にはそれがわからない。警察側は犯人に翻弄されて、右往左往するばかりである。その間に連続殺人が行われるので、観客のほうはいらいらしたり、はらはらしたりしなければならない、といった映画らしかった。結局最後には、観客の予想を裏切った真犯人を逮捕して、警察側の勝利になるのだが、それは部長の考えでは、相当にくだらない映画にちがいなかった。

「映画館に入った時間は」

部長が言った。

「切符を買うときに、上映時間表と腕時計とを照らし合わせてみたからはっきり憶えてますが、午後一時五分過ぎでした。映画は途中でした」

「映画館に入ったときは、どんな場面をやってたかね」

「無実の男が犯人と疑われて、ひげを生やした警察官に訊問されているところでした」

磯貝は無表情に答えた。

しかし、その表情のない顔の奥に隠されたかすかな微笑を、部長は素早く読みとっていた。気が弱そうに見えて、意外に図太い神経がそこに覗かれた。こいつ、おれを翻弄しているつもりなのか、部長は怒りを抑えながら、磯貝を見詰めた。

映画の内容は調べればわかることだから、無実の男が警官に調べられる場面のあることも、彼の供述に違いはあるまい。しかし、ここには仕組まれた何かがある。新宿映画劇場は一般封切館だから、それ以前に、ロードショウを観ておくことは誰にでも出来るのだ。彼ごときに愚弄される郷原ではない、部長は心の中で大いに力んだ。

「一時五分に映画館に入ったということを、証明できるといいがな」

「さあ、それは難題ですね。切符を切る女の子も、多勢の客の顔をいちいち憶えてはいないでしょうし、私にはなんとも言えません。不審の点があったら、どうぞ警察のほうでお調べ下さい。そして映画館を三時四十五分に出てから、近くの〝ひかり〟という理髪店で、散髪と同時に、ひげを剃り落としてもらったのです」

磯貝は平然として言葉を切った。

2

供述調書をとって、磯貝浜造を帰した郷原部長は、調室を出た途端に、廊下を看守に曳かれてくる二宮伸七に会った。

「どうした、昨夜はよく眠れたか」

部長は気軽く声をかけた。

伸七は立ちどまって、情なさそうな顔で部長を見たが、そのまま看守を促すように、うつむいて行ってしまった。

部長はそれを止めようとしなかった。その足で、酒取警部補の調室へ向った。

「どうでしたか、二宮伸七は」部長がきいた。

「うん、簡単に落ちたよ。殺しのことで、昨日、あんたにおどかされたのが大分利いたらしい。十五日の足どりについては、気の毒なくらいきれいに自白した」

「クリームを売り歩いてたんですか」

「そうだよ、一個百円のクリームで、千円のクリームが三個できる。二十軒ばかり歩いて、十五日だけで十六個売れたというからやめられないな。たった一日で一万六千円じゃないか」

「この前に挙った時は香水でしたね」

「そうだ、一度味をしめたらやめられんよ、これは。まだ余罪《あと》が出てくるな。二、三百万円は稼いでるだろう」

「しかし、千円のクリームを買う女が、よくそんなにいるものですね」

「そこだよ、二宮の利口なところは。百円のクリームを売り歩いたって、決して売れやしない。それが、千円の輸入品だといわれると、つい信用して買っちまう。虚栄心というより、美しくなりたいという女の執念だな。おそろしいよ」

「十五日の足どりが確かだとしたら、奴は殺しのほうを消してもいいですね」

「うん、まあその点に嘘はないだろう。すっかり奴は観念したらしい。十五日のアリバイを出すためには、詐欺の足どりを自白しなければならなかった訳だから、辛かったろうな。泣きそうな顔をしてたぜ」

「とんだとばっちりですね」

二人は声を合わせて笑った。

「ところで」酒取警部補が言った。「磯貝のほうはどうだった?」

「相当くさいですね、調書をとっておきましたから、ごらんになっておいて下さい。わたしはこれから、磯貝の裏づけを当ってきたいと思いますが」

「そういえば、磯貝の写真が本庁から届いたようだったぞ」

「それはちょうどよかった。鬼頭くんと富永《とみなが》くんを使っていいでしょうか」

「うん、いいだろう」

酒取警部補は早くも磯貝浜造の供述調書に目を走らせながら言った。

3

「確かにこの人です。間違いありませんわ。ひげに憶えがあります。タバコを買った後で、さんご荘へ行く道をききました」

間違いありませんか、と言った鬼頭刑事の問いに対して、タバコ屋のおかみは刑事の示した磯貝浜造の写真を見ながら答えた。それは時子という少女の答えと同じだった。

「そうよ、確かにこのおじさんだわ。どうして何度も同じことをきくの」

時子は、首を傾げながら何度も念を押してきく鬼頭刑事を、逆に詰問するように言い返した。

しかし、新川加代の答えは違っていた。

「さあ、この人だったかしら。横顔と後姿だけを見ただけですから、はっきりは申せませんけど、ちがうような気が致します。多分ちがうと思いますわ」

つまりこれは、わからないということだった。

鬼頭刑事は最後にラクに会った。ラクは浜造の写真に憶えがなかった。そして二宮伸七と加代の悪口を、一時間近く喋りまくった。

4

新宿映画劇場の事務室では、三人の若い案内嬢に囲まれた富永刑事が頬をほてらせていた。磯貝の入場した時刻に、無実の男が、ひげのある警官に訊問されているシーンを映写していた事実を確かめたあとだった。

「ちょっといい男じゃない?」

髪を赤く染めた案内ガールの一人が、はすっぱな調子で言った。

「そうね」

かたわらで、すぐに同調する声があった。

「やっぱりわからないわ」清潔な身なりの、真面目そうな少女は、手にした磯貝浜造の写真をしばらく見つめてから言った。「あたしたち、毎日多勢の人を見ているので、大ていの人は見たことのある顔になっちまうの。だから、よほど特徴でもない限り、その人に直接会ってもわからないんじゃないかしら」

これは三人の意見を要約したようなものだった。それが当然だろう。富永刑事はそう納得した。結局、磯貝浜造の入場を確認できなかったことは、彼が入場しなかったことの証拠にもならぬだけのことだった。

富永刑事はその足で、ひかり理髪店に入った。店の亭主は、写真の男が、十五日にひげを剃り落とした男であることは、すぐに認めた。

「だからあたしは、お止しなさいと言ったんですよ。あたしがひげを落とすと、全くろくなことはありません。あの時も厭な予感がして、あたしはやりたくなかったんだ。そうですか、可哀相なことをしました」

「可哀相なことって」

「殺されたんでしょ」

「誰がそんなことを言いましたか?」

「ちがうんですか」

「わたしは何も言いませんよ」

「それじゃ、自殺ですか」

「いいえ」

「それとも、あの人が強盗でもやったんですか」

「とんでもありませんよ」

「それでは、一体どうしたんですか」

「別に、なんでもありませんよ」

「なんでもないんですか！」

床屋の亭主はびっくりしたように、大きな口をあいて、眼をみはった。

5

その頃、磯貝浜造の勤務先の給仕を、近くの喫茶店に電話で呼び出した郷原部長は、コーヒーの冷めるのも忘れて、真剣な問答を繰り返していた。

「そうするとだね、磯貝さんへの伝言を伝えに来た人は、磯貝さん自身かどうか、きみにもはっきり言えないというんだね？」

「はい、そういうことは少しも考えてみなかったものですから」

定時制の高校へ行っているらしく、高校のバッジをつけた給仕は、おずおずした口調で答えた。

「しかし、磯貝さん自身なら、きみは毎日会ってるんだから、気がつくはずじゃないか」

「それはそうなんですが、部長さんにいろいろ言われてみたら、わからなくなってしまったのです。磯貝さんが、自分で自分を訪ねてこられるなんて、思いもしませんでしたから。それに、ベレエをかぶって、マスクをしてましたし」

「それはそうだな。何もきみを責めてるわけじゃないんだ」

「その人は、足が悪いように見えました」

「足が悪い？」

部長は体を乗りだした。

「はい。階段をおりて帰るところを見たんですが、一段一段立ちどまっては、何か落とし物を探しているような恰好で、おりていきました」

「本当か、それは」

部長は事件の核心に打ち当ったと思った。しかしそれは、新しい謎に打ち当ったと言うべきであった。それは謎であると同時に、大きな鍵にちがいなかった。

6

会社でタイプを打っていても、ノコとモコは落ち着かなかった。

「あたし、少しずつわかりかけてきたわ」ノコがタイプの手を休めて言った。

「なんのこと?」とモコ。

「犯人のことよ。犯人は暎子さんがビールを飲むことを知っていた者、そしてさんご荘の電話番号を知っていた者ね」

「だから?」

「やはり平野以外にないじゃないの」

「ちょっと単純ね、その推理は。事件はもっと複雑よ。これは完全犯罪かもしれないわ」

「探偵小説趣味ね。単純な事実をどうして複雑にしたがるのかしら」

「ちがうわ」モコはノコの正面に向きなおった。「事実が単純にみえるということが、事件の複雑な証拠じゃないの。すべての人物を疑わなければいけないわ。たとえその人が探偵であっても」

「また、香月さんだといいたいのでしょう」

「心理的にみて、犯人に最も近い者は、探偵だわ」

「それこそ単純な、探偵小説の愛読者的推理じゃないかしら。あたしはあくまでも事実を基礎にして考えるわ。事件の鍵は、ひげのある男のひげが、本物かどうかという点にかかってるわね」

「ニセひげだというの」

「そうは言わないわ。ニセかもしれないし、本物かもしれない。もしニセ物だとしたら、なんのためのニセひげか。それは人相を変えるためだけじゃないわ。鼻の下にある何かを隠すためね。たとえば、鼻の下に大きなホクロのある男、たとえば平野のように、薄い口ひげのある男は、その上に濃いひげを附ける必要がある」

「考えたわね。だけど、そういう考え方から結論がでるかしら。結論の出ないことを考えるのは時間の無駄よ。あたしは事件の側面から光をあてることによって、おのずから真相が浮かび上るようにしてみるわ。そのほうがモダンでシャレてるじゃないの。暎子さんが麻布から四谷のさんご荘に引越してきたのは正月の十五日だった。なぜ、麻布から四谷のおんぼろアパートに越してきたか、これがわからなければ駄目ね。金には困らないし、通勤の必要もない人が、麻布の綺麗なアパートから、四谷の汚れたアパートに移った。それはなぜか」

モコは探偵になったように、男の口ぶりで言った。仕事が忙しくなかったとはいえ、二人はすでに仕事を放りだして、議論はかしましくなる形勢とみえた。

7

その夕刻、四谷署の捜査本部は、事件の意外な成りゆきに困惑していた。平野清司を尾行していた菊池《きくち》刑事が、麻薬取締法違反の現行犯として彼を逮捕したのだ。

午前十一時過ぎ頃、平野の後を尾《つ》けて、新橋の「ルミエール」という喫茶店に入った菊池刑事は、たまたま、ある麻薬中毒者の麻薬入手先をつきとめるために、その中毒患者を尾行してきた厚生省麻薬取締事務所の麻薬取締官と落ち合って、ヘロインを密売しようとしていた彼を、その中毒患者とともに検挙したのだ。

平野の取調べには酒取警部補が当った。

「うるさいことといってねえで、さっさと刑務所へ送ってくれ。近ごろは刑務所も住みいいというからな。一年や二年の懲役なら文句は言わねえ」

麻薬売買の事実については、平野もあっさりと犯行を認めたが、その入手経路については、頑として口を割らなかった。現行犯で証拠のヘロインを押さえられたとはいえ、こうも簡単にその罪を認めたことが、酒取警部補の不審を強くした。大きな罪を免れるために、小さな罪を認める手は珍しくない。

「ところで」酒取警部補は言った。「十五日に競馬へ行ったという話はどうだったかな。とぼけちゃいけないね。ネタはあがってるんだ」

「ふん、調べたのかい。ご苦労な話だ」

「それでも、まだ手間をかけるつもりか」

「さあね、せっかくそこまでやったなら、ついでのことにそのあとも、警察のほうで勝手にしたらいいだろう。デッチあげはお得意じゃねえのか」

平野はふてぶてしい態度で、うそぶくばかりだった。

午後になって、呼出しをうけた睦月荘の女中とみよし旅館のおかみが、署の鑑別室（見られる者からは、見る者の姿が見えない仕掛けになっている）で平野の面通しをおこなったが、彼が暎子といっしょに旅館に泊った男と同一人であるかどうかについては、彼がメガネを掛け、歯ブラシのような附けひげをつけてみせない限り、はっきりした証言を得ることはできなかった。メガネと附けひげに対する警察の要求を、平野はせせら笑って拒否したし、法律は、その要求を彼に強制する権限を、警察に与えていなかった。

さんご荘殺人事件にとって、平野を逮捕したことが、果してプラスであったかどうか、彼の身柄の処置について、意見は真っ向から二つに分れた。所警部と酒取警部補の意見は、平野に対する十日間の勾留期間を利用して、彼が暎子を殺害した証拠を固めながら時間をかせぎ、その十日目に麻薬取締法違反を起訴すると同時に、さらに殺人容疑者としての勾留状を請求すべしという強引な正攻法であった。彼に暎子殺しの動機があり、しかもアリバイがない以上、今後の捜査如何《いかん》によっては、状況証拠だけでも有罪にもっていけるのではないかというのだ。

しかし、捜査一課長は首を傾げた。一課長は磯貝こそ犯人とにらんでいるのだ。そして、佐原検事は、直ちに平野を釈放すべしという説だった。勾留しておいたのでは、彼に尾行をつけて、その犯行の手がかりをつかむチャンスを失うというのだ。郷原部長が、ひげのある男の足どりを求めて、疲れきって署に戻ったとき、所警部は佐原検事と電話でやりあっているところだった。

「麻薬のほうはすでに証拠があるし、自供もしてるというじゃないか。そうすればなにも身柄を拘束しなくても、起訴はできる」

佐原検事が言った。

「しかしですね」と所警部。「平野を尾行しても、暎子殺しの手がかりをつかめるという見込みは何もないのです。われわれは彼がやったかどうかさえ確信がない状態ですから」

「それならだね、麻薬で十日、殺しの容疑で十日、都合二十日の勾留期間がさらに何日か延長されたにしても、その間に捜査がこれ以上進展するという見通しでもあるのかね。麻薬のほうを起訴しても、肝心の殺しが証拠不十分で起訴できないとしたら、平野は間もなく保釈金を積んで出てくることは目に見えている。裁判所はこっちの都合なんか考えてくれんからな。それは捜査陣の黒星などというメンツの問題じゃない。その二十日余りの間、彼を勾留しておいたことが、あるいは暎子殺しの捜査にとって、取返しのつかない損失になるかもしれないのだ。まして、殺しの容疑者として平野を勾留中に、たとえば香月栗介か磯貝浜造が犯人と断定される証拠でも現れたらどうなるね。その責任は誰がとるのだ。今は小の虫を殺して、大の虫を生かす場合じゃないかな。焦っちゃいかんよ」

そう言われると、所警部にも強く返す言葉がなかった。

平野を勾留すべきか、あるいは直ちに釈放すべきか、郷原部長にも明快な回答はでてこなかった。捜査本部内の刑事たちの間でも、賛否はこもごもだった。

結局、結論は翌日に持ち越されることになった。

8

翌日、平野の処置について、捜査本部と地検との間で幾たびか電話のやりとりが交され、捜査本部内においても議論が重ねられたが、やはり結論は出るに至らなかった。そしてさらに翌十九日、ついに平野の身柄は地検へ送られることなく釈放された。「一人の罪なき者を苦しめるよりは、むしろ十人の罪人を逃がしたほうがいい」というイギリスの法諺《ほうげん》を引用して、かりにも一人の無罪著を有罪におとす過ちがあってはならぬとする佐原検事の主張に、警察側が押されたかたちだった。

「釈放か、ふん、ありがたくもねえ」

釈放されると聞いた平野清司は、不敵な微笑をうかべて呟いた。

午前十時、釈放された平野が警察の玄関を出ると、直ちに吉田刑事が尾行についた。


捜査陣必死の努力にもかかわらず、時間の流れは彼らの無能を嘲《あざけ》るかのように、暎子が毒殺されてから、早くも五日間の日附を刻んだ。

新しく集まった情報は、いずれもすでに得た事実に不満足な解説を加えるにすぎなかった。

二宮伸七のアリバイは立ったが、そのアリバイは、化粧品による詐欺を自分から立証することになって、身柄拘束のまま送検された。殺人事件の捜査本部にとっては、あまり有難くない副産物だった。余計な手数がかかっただけである。

青酸カリの入手経路は依然不明だったし、捜査会議から失踪したマスクの男についても、手がかりはなかった。そして、旅館の宿帳に記名された女文字が、被害者の筆蹟であることは明らかになったが、彼女といっしょに泊ったひげのある男については、いよいよ深い謎につつまれたまま、事件の底に不気味な空気を漂わせていた。さすがの郷原部長の顔にも、ようやく焦躁の色が見えた。
昨日から磯貝浜造の尾行についた鬼頭刑事と同時に、香月栗介の尾行についた中村刑事の報告は、さらに部長を滅入らせるものだった。郷原部長の前に見得を切った、水沢暎子への道義的責任を全く忘れたかの如く、栗介はカンバスに向って奇妙な風景画を描くことに熱中しているのだ。彼が犯人とすれば、あまりにも不敵の振舞である。また、彼が犯人でないとすれば、もったいぶった条件を出して勝手な熱を吹いておきながら、なぜ調査をやめてしまったのか。彼の条件を承知した郷原部長の前にも、一度現れただけで、それっきり姿を見せないのだ。部長にはむしろ、栗介の現れないことが不安だった。

9

午後になって、パトロンと一緒に四国周遊の旅行に出かけたという「ダイアナ」のマダム、相川鮎子《あいかわあゆこ》が帰京した旨の知らせをうけた郷原部長は、早速都電に跳び乗って銀座へ向かった。相川鮎子には、当然磯貝浜造を取り調べる前に会っておくべきだったが、すでに彼女は四国へ発ったあとであり、不粋な用件で四国まで追いかけるほどの、重要な参考人でもあるまいと部長は考えていた。しかし、捜査の行き詰った今となっては、彼女にかける期待も大きくならざるを得なかった。

所轄署からの連絡をうけて、相川鮎子は部長の来訪を待っていた。背の低い老婆が、薄暗いホールを掃除しているばかりで、客に接する女性たちは、まだ一人も出勤していない様子だった。色気と愛嬌が商売の彼女たちと、彼女らの肌に罪のない野心を抱く客たちのいないナイトクラブは、深い海底のようにひっそりしていた。相川鮎子は、妖しく美しい深海魚だった。

カウンターを間にはさんで、鮎子と向い合った郷原部長は、気軽な姿勢で高いストゥールに腰をかけた。奥の部屋から静かな音楽が流れていた。鮎子が愛想よく出してくれたウィスキーを、部長は勤務中だからと無愛想に断って、その代わりに水を頼んだ。それでも部長は、可能な限り愛想よくしているつもりだった。——刑事というものは俳優よりも巧みに、あらゆる表情を心得ていて、それを自在に使いこなさなければならぬ。俳優であると同時に演出者なのだ。これは部長が吉田刑事に与えた教訓の一つだった。そして、相手の話から何かを引き出そうとするなら、何よりもまず快適な印象を与えなければいけない。わずかな質問で多くのことを聞きだすのが、聞き込み捜査の要領である。

「暎子さんのことでしょ」

鮎子は言った。大きく見ひらいた瞳には、相手に気をおかせない微笑が含まれていた。なにげない身のこなし一つにも、男の気を唆る自然の媚態《びたい》が透けて見える。カウンターに両手を軽く置いた鮎子の姿態に、部長は美しく洗練された色気を感じた。

「よくご存じですね」

「それはわかりますわ。暎子さんのことは新聞でも見ましたし、それに部長さんが、わざわざこんなところにいらっしゃるなんて、ほかに考えられないじゃありませんか」

「おかげでお話がしやすいようですね。ご迷惑でしょうが、ご協力願いますよ」

「もちろんだわ。有名な郷原部長さんのお役に立てるなんて、嬉しいくらいよ」

まんざらお世辞ばかりでもあるまい。部長はてれかくしに、コップの水を一息に飲み干した。

「暎子さんがこちらに勤めるようになったのは、どういう事情からですか」

「それはあたくしと暎子さんとが、満州の小学校時代からのお友達だったからなの。暎子さんはお父さんに亡くなられてから、京橋《きょうばし》のほうの会社にお勤めしてたんですけど、肋膜《ろくまく》を患ってお辞めになったんです。それから、そうですわね、半年くらい療養なさったかしら。そして体が快《よ》くなってから、生活の心配もあるし、このさきどうしたらいいかしらって、あたくしに相談にきたのよ。それで、お給料も悪くないし、自分で気をつければそんなに体をつかうお勤めでもないから、あたくしのお店で働いてみたらどうかってお誘いしたわけなの。お客商売はあの人に向かないかとも考えたんですが、実はうちでも暎子さんみたいに綺麗な方がきてくれたら、大助かりだと思ったものですから。暎子さんは少しためらったようですけど、三、四日したらお店に出てくれました」

「その、三、四日してからというのは？」

「一昨年の、たしか夏でした。それから間もなく、お店の人みんなで、葉山へ海水浴に行ったことを憶えてますから」

「彼女の人気はどうでしたか」

「それがたいへんなの」鮎子はいたずらっぽい眼つきをして言った。「暎子さんに見られると、女でさえ顔が赤くなるといわれたくらい綺麗でしたし、それに、女のあたくしにはわかりませんけど、男の方にはとても魅力的なところがあったらしくて、おかげさんでお店は大はやり。しまいには、どのお客さまも暎子さんをお目当てにいらっしゃるみたいで、あたくしまで妬《や》けたくらいでしたわ」

「彼女のほうでも、好きな人がいたんですか」

「それがまた面白いのよ。暎子さんときたら、男の人に関心がないみたいなの。あたくしの眼の届く限りでは、お客さんはみなさん見込み薄でしたわ。ただ一人、それが誰だったかはわからないのですけど、内緒で好きな人がいたらしいのね。それで、お客さんには関心がもてなかったんじゃないかしら。暎子さんがお店を辞めるときに言った言葉があるの。辞める理由をきいてみたら、結婚するかも知れないって言ったのよ。あたくしがいくら聞こうとしても、その人との約束だから正式に結婚するまでは、その人の名前は教えられないって言ってました」

「マダムに心当りはないんですか」

「全然ないから癪《しゃく》なのよ。しかも相手の人というのは、彼女の口ぶりから察すると、あたくしの知ってる人らしかったわ。その男が犯人かも知れないのでしょ？　部長さんの力で捕まえて下さいな」

もちろん、必ずわたしの腕で捕まえてみせます、部長はそう言いたかったが、自信がなかったので口に出すことは我慢した。

「特に彼女に好意を寄せていたというようなお客は何人くらいいましたか。およそのところで結構ですが」

「そう、ざっと数えただけで三十人くらいはいたんじゃないかしら。暎子さんには、あたくしたちの誰も持っていない清潔な美しさがあったわ」

「その方々の名前と住所を伺わせて下さい」

「それは無理だわ。そのうちで名前も住所もわかっている人なんて、十人といませんもの」

「なるほど」

部長は鮎子の言葉を、なるほどそうだろうと思った。住所姓名を名乗って遊ぶ間抜けは、社用の客以外はそう多くないはずだ。しかし部長は、鮎子の記憶する限りの、それらの客たちの名前、住所、勤務先などを書き取った。名前だけ、それも姓だけしかわからない者もいれば、自宅から勤務先の電話番号まで、彼女の手帳に記されている者もあった。その一人が、磯貝浜造だった。

「この磯貝という人はどういう方ですか」

彼女の手帳に記された磯貝の名前を、部長は鉛筆の先で示して言った。

「磯貝さんなら、多分まだ刑務所に入ってるんじゃないかしら。××省にいらっした方です。去年の春頃、収賄とかで捕まって、懲役にされたというお話を伺いました。暎子さんには気の毒なくらい夢中でしたわ。うちではいいお客さんでしたけど、収賄したお金で遊んでいただいたかと思うと、しばらくの間は寝覚めの悪い気持でした。当時あたくしも暎子さんも、そのほか三人くらいお店の人が検察庁に呼び出されて、検事さんのお調べをうけましたけど、全くあのときは、こんな商売が厭になりましたわ」

「磯貝に対して、暎子さんの気持はどうだったんですか」

「それが先ほども申しましたように、磯貝さんは怖いくらい真剣に暎子さんを思っていらしたようですけど、暎子さんのほうでは、あまり相手にならないで避けているふうでした。相手にならないといっても、暎子さんのことですから、決してお客さんの気を悪くするようなことはなかったと思います。でも、男女の仲というものはわからないものでございましょ？　ですから、磯貝さんと暎子さんにしても、あたくし、はっきりそう申し上げられるわけではありません」

「暎子さんがお店におられた頃、バーテンで平野清司という男がいましたね」

「ええ、おりました。よくご存じですこと」

「彼はいつ頃まで、こちらにいたんですか」

「断りきれない人からの紹介で、仕様がなくて使ったんですけど、それは去年の正月でした。そして、暎子さんがお店を辞めると間もなく、平野も無断で辞めて、どこかへ行ってしまいました」

「暎子さんが辞められたのは」

「八月の末か、九月の初め頃でした」

「彼が暎子さんに言い寄っていたというようなことはありませんか」

「ございます。しつこいくらいに誘惑しようとしていたようですわ。あたくしがその現場を見たわけではありませんが、ほかの女の子たちから耳にして、暎子さんも困っているようでしたから、平野に注意をしたことがあります。お店の女の人には、絶対手を出してくれるなと言ってあるのですが、仕様のない不良で、あいつが辞めてくれたときは、ほっと致しました。平野が犯人なんですか」

「いや、そういうわけじゃありません。一応参考にしたいことがあって、おたずねしただけです。それから、暎子さんがお店を辞めてからのことですが、こちらに遊びにくるようなことはありましたか」

「ええ、銀座へ来たときなどは、ついでだからと言って、時折まいりました。とても仕合わせそうに見えましたわ」

「こちらにくる時は、一人でしたか」

「はい、いつも一人でした」

「あなたのほうから、暎子さんのアパートへ行かれたことはないんですか」

「ございません。なにしろお店が忙しくって」

「アパートの電話番号をご存じでしょうか」

「いいえ、電話があることも知りませんでした」

「住所はわかってたんですね」

「はあ、お葉書を頂いたことがありますから」

「酒はいけるほうでしたか」

「いいえ、ビールなら美味しいといって、たまには自分から飲むこともありましたけど、お酒やウィスキーは、お客さまにすすめられてもいただきませんでした」

「タバコはどうですか」

「やはり、いただきませんでした」

「そうですか」

部長はしばらく俯いて、手帳を弄《もてあそ》ぶように開いたり閉じたりしていたが、やがて名刺型の写真を一枚ぬき出すと、鮎子に示した。

「この男を知りませんか」

〝ひねもす碁会所〟で碁盤をにらんでいる香月栗介の写真だった。当人に気づかれぬように、中村刑事が苦心して写したものである。

「あら!」

写真を手にした途端に、鮎子は小さな声をあげた。

「さっきの人だわ!」

「えっ! ここに来たんですか」

部長は急《せ》きこんで言った。

「はい、午後一時頃でしょうか」鮎子は自分の腕時計に目をやりながら言った。「今は三時ちょっと過ぎですから、二時間くらい前になりますわね。あたくしが旅行から帰ると間もなく、このひげのある人がお見えになりました」

「何をしに来たんですか」

「部長さんと同じことを聞いていらっしゃいましたわ。とても感じのいいかたで、あたくしは警察のお方とばかり存じてましたが、それではちがいましたのね。ウィスキーを三杯お飲みになって、結構ですと申しあげたんですが、無理に代金を置いていかれました」

「――」

部長は暗い天井をじっと見つめた。栗介の奴、何をしに現れたのか。それに、彼は高価なウィスキーを飲む金など持っているはずがないのだ。

「余計なことをおたずねしますが、彼の払ったウィスキー代はいかほどですか」

「それが九百円ですのに、二千円も置いていかれました」

「九百円のところを二千円？」

「はあ、なんですか、とてもご機嫌さんで、あたくし、刑事さんからチップを頂くなんて生れて初めてですから、気味が悪くなったくらいでしたわ」

「――」

部長はもう一度、大きな眼玉で天井を睨んだ。

10

ダイアナを出た郷原部長は、狭い小路を抜けて銀座通りへ出た。午後の日の大きく傾いた七丁目の舗道を四丁目へ向っていた部長は、突然ギクッとして足をとめた。向うからやってくるのは、香月栗介ではないか？　若い女と二人連れで、何やら親しそうに話しながら歩いている。肩を寄せ合った二人は腕を組んではいないが、腕を組まんばかりの睦《むつ》まじさである。部長は栗介に気づかれぬように舗道の隅に身をひそめ、洋装店のウィンドウを覗く恰好で二人をやりすごした。連れの女はまだ二十歳になったかどうかという年ごろの、美しく整った顔だちだった。けしからん、部長は早速憤慨していた。『誘拐魔、香月栗介』という文句が、新聞の見出しのように部長の脳裡《のうり》をかすめた。部長は直ちに二人の後をつけるべく踵《きびす》を返した。と、そのとき部長の肩を叩いた者があった。香月栗介の尾行を命じられていた中村刑事だった。

「しっかり頼んだぜ」

部長は小さな声で言った。中村刑事はいかにも心得ているというように眼で合図をすると、影のように香月栗介を追って行った。

「最初から詳しく話してくれ」

先に署に戻って、中村刑事の帰りを待っていた郷原部長は話を急がせた。

「午前中、香月栗介はアパートにいました」中村刑事が言った。「ちょうど正午頃、管理人の安行ラクがどこからか帰ってきまして、すぐ栗介の部屋に入りましたが、十分ほどで出てきました。栗介が外出したのはそれから間もなくです。都電に乗って銀座四丁目でおりると、彼はダイアナというナイトクラブに入りました。ダイアナというのは、香月栗介みたいな、しけた男の行くところじゃありません。ルンペンが銀行へ行くようなものです。それに、ナイトクラブだから昼間行ったって誰もいるわけがないんです。そのとき、わたしはそこが以前暎子の勤めていたところということを思い出しました」

「ふん、ふん」部長はしきりに相鎚を打った。

「それが午後一時三分前です。そして彼がダイアナを出たのは三十五分後の一時三十二分でした」

「うん、なかなかいいぞ」

部長は別に感心もしていなかったが、慰労するつもりで言った。

中村刑事はぐっと顎を引いて、いかにも部長の讃辞に相応しい、名刑事的な表情になって話を続けた。

「それから彼は並木通りを通って、有楽町《ゆうらくちよう》駅中央口の改札口へ行きました。そこに誰が待っていたと思いますか」

「誰だ」

「ですから誰だと思いますか」

「だから誰だときいてるんだ」

「当ててごらんなさい」

両手の親指をチョッキのポケットに差しこんで、中村名刑事は胸をそらした。

「ふざけるな、クイズをやってるんじゃないぞ」

「安行ラクです」名刑事は泰然として答えた。「安行ラクが、銀座で栗介と一緒に歩いていた女を部長もごらんになったでしょうが、あの二十歳かそこらの女と一緒にいたんです。ラクはしきりに香月栗介を若い女に紹介していました。そして紹介が終ると、ラクは二人を残して、さっさとどこかへ行っちまいました。わたしはてっきり臭いと思いましたね、つまり」

「いや、君の意見はあとでゆっくり聞かせて貰うから、先を続けてくれ。それからどうした」

「はあ、それから栗介とその女は日劇うらにある〝ボウフラ〟という喫茶店に入りました」

「妙な名前だな、怪しげなところじゃないのか」

「いいえ、変なところではありません。普通の喫茶店です。いろんな色のボウフラをガラス鉢に入れて飼っていて、それがとてもきれいで評判なんです。赤いのや、青いのや、金色のまでいるんですよ。ゴールデン・ボウフラなんて、ちょいとデラックスじゃありませんか」

「それじゃ蚊が出て困るだろうが」

「ところが大丈夫なのです。ガラス鉢の上部は細かい金網で蔽われていて、蚊になると自然に取り除かれる仕掛けになってます」

「しかし、今は三月だぜ」

「暖房装置がしてあります」

「それにしても、清水でよくボウフラが死なないな」

「そこが飼育の難しいところで、文部省あたりでも注目しているそうです」

「ふうん」部長は感心した。「ボウフラには何を食わせるんだろう」

「ミミズじゃないでしょうか」

「ばか言え、ボウフラがミミズを食えるか、反対に食われちまう」

「なるほど」名刑事は返答につまった。

「まあ、そんなことよりも先へ行こう、ボウフラなんかどうでもいい」

「わたしは最初からボウフラなんかどうでもいいのです」ボウフラの餌について面目を失した中村刑事は、早速話を戻した。「そこで、わたしも二人の後から喫茶店に入りました。彼らの近くに空席がなかったので、二人の話は聞きとれませんでしたが、二人はだいぶ真面目な顔で話し合っていました。初めは栗介のほうが主に喋ってましたが、後半はほとんど女のほうが話し通しでした。コーヒー一杯ずつで、彼らはその店に四十分くらいねばってましたね」

「勘定はどっちが払った」

「栗介です。千円札でツリを貰ってました。二人はすっかり話がついたと見えて、喫茶店を出る頃は、お互いに冗談を言い合ったりしている様子でした。喫茶店を出た二人は四丁目へ向い、尾張町《おわりちょう》の交叉点を右に曲って、新橋へ行く途中で部長に遭ったわけです。二人はそのまま新橋駅まで歩いて、握手をして別れました。普通の握手にしては、手を握り合っている時間が少し長すぎるようでした。栗介は新橋からバスに乗って、まっすぐにアパートへ帰りましたから、今でもさんご荘に行けばいると思います」

「栗介の連れていた女を、きみはどう考える？」

「それがどうも妙なのです。躾《しつけ》のいい家庭に育てられたお嬢さんとしか見えません。とても商売女とは考えられない清潔な美しさでした。まさしく素晴しい女性でした」

若い中村刑事はその女の姿を思い浮べているのか、うっとりと眼を細め、感に耐えたかのごとく言った。

しかし、と郷原部長は中村刑事の去ったあとで考えた。容貌風采をもって人物を軽々しく判断することは、みずから戒めているところだった。娼婦は淑女を装い、淑女はまた娼婦のふうにならって、風俗の頽廃《たいはい》混乱は一人前の刑事にさえ、しばしばその判断を誤らせている。薄化粧をして、しなしなと歩く男どもから、ジャンパーにズボン姿の女どもの出現に及んで、今や男女の性別まで危ぶまれる世の中である。果して香月栗介の連れの女が名うての娼婦だったとしても、敢えて驚くには当らないのだ。ことによると、安行ラクは女衒《ぜげん》、つまりポン引かもしれないのである。もっとも、彼女がポン引だとすると、相手が素寒貧《すかんぴん》の栗介では話が飛躍するが、しかしいずれにしても、安行ラクと香月栗介がグルになっていることに違いはなかろう。そして、香月栗介が稀代の大悪党であると考えてみることも、おそらく無駄ではあるまい。つまり、安行ラクの安行流華道家元とは名ばかりで、その実は生花教授を囮《おとり》に知り合った、世間知らずの良家の令嬢を香月栗介に紹介する、一方、栗介のほうは私立探偵として恐喝をはたらくかたわら、安行流華道宗家大宗匠というような触れ込みで、ラクから紹介された娘たちを騙して、金品を巻き上げているのではないか。あるいは彼は結婚詐欺の常習犯ではないのか。

「うーむ」

またしても部長は眼を剝いて、猛犬ソクラテスのようにうなった。しかし頬杖をついていたので、天井は仰がなかった。

「うーむ」

しばらくして部長はもう一度、今度は眼を閉じたままでうなった。自分の考えたことが、自分でも信じかねることを知ったからである。

11

事件発生以来五日目、初めてわが家に帰った郷原部長は、完全に頭をかかえてしまった。ついに赤毛のブルガーニンは家出をして、三日前から戻らなかった。原因は失恋によるものと見られる。妻の観察によると、彼の恋人であった鼻ペチャのマーガレットは、完全にソクラテスに靡《なび》いているというのだ。ソクラテスとマーガレットが、互いに寄り添うようにして公園を散歩していたことは、娘も証言している。ブルガーニンの傷心が思いやられる。彼は家族以外の者を見れば、必ず嚙みつく習性があったが、それというのも気が弱く、臆病からすることなのだ。自殺でもしなければいいが、と部長の心配はつきない。だが、心配はそれだけではない。デカの病気がいよいよ思わしくないのだ。一日中寝そべっていて、牛乳屋が来ても嚙みつかなくなってしまった。それでも食欲だけは旺盛というから、大したことはないかもしれないが、とにかく病気には違いない。ことによると脚気《かっけ》かもしれぬ。部長は混合米なしの麦飯をデカに与えるように、不平顔の妻に言った。

ところで今、部長がスタンドを灯した机の前で頭をかかえているのは犬のためではなかった。誰が暎子を殺したのか。この単純な一つの言葉が、最前から部長の頭いっぱいに、眩暈《めまい》がするほど反響しているのだ。

しかし、いつまで頭を抱えていてもどうなるものではない。今までの捜査結果を、あらためて検討するほかはないのだ。ようやく部長は心を決めると、机の引出しから分厚いノートを出した。ノートの表紙には、筆太に捜査日誌と書かれてあった。時折、前のほうのページを繰りながら、部長の万年筆は次第に白いページを埋めていった。

◇磯貝浜造について。

一、動機

①〈恋愛〉彼は暎子に対して慢性的失恋状態にあった。怖いくらい真剣に、彼は暎子を思っていたようだ、と相川鮎子は述べている。

②〈復讐〉暎子への恋に惹かれてダイアナで放蕩《ほうとう》したことは、彼が収賄罪で懲役刑に処せられるようになった間接的原因をなしている。その彼に対して、暎子はあくまでも冷淡であった。

③〈憎悪〉さらに犯行の当日、さんご荘を訪れた彼は、彼女に冷く追い返されている。愛情はしばしば一瞬にして憎悪に変化するものだ。

④〈怨恨〉暎子からの偽りの伝言工作、彼が観たという映画の内容、剃り落としたひげ、これらはすべてそのアリバイ構成とともに、彼の計画犯罪説を裏づける。彼は

暎子に対する復讐と同時に、警察に対する恨みをも果すべく、刑務所生活の中でこの犯罪を考えぬいてきたのではないか。

二、アリバイ

午前十時頃、仕事を切り上げた旨を、会社に電話で連絡した。

午前十一時頃、タバコ屋のおかみに、さんご荘の所在をたずねた。

同時刻後間もなく、さんご荘の玄関で、山形時子に暎子の部屋をたずねた。

午前十一時三十分頃、彼はタバコ屋のおかみに挨拶をして、都電の停留所へ向った。

午後一時五分、新宿映画劇場に入る。アメリカ映画「犯人は誰だ」上映中。

午後三時四十五分、映画館を出る。

午後四時乃至五時頃まで、ひかり理髪店にて、ひげを剃り落とす。

午後六時頃帰宅。

——検視の結果、および新川加代の供述から考えて、犯行時刻は午後一時前後と推定される。

三、疑問点

①実際に計ってみた結果、さんご荘を出てから新宿映画劇場に着くまでの時間は、最も便利な都電または地下鉄を利用するとして、三十分はかかることがわかった。しかし、タクシーを利用すれば十分以内に行くことができる。したがって、いったん

さんご荘を出た彼が、裏口から再びさんご荘に戻って暎子を殺害し、一時五分に映画館に入ることは、困難であっても不可能ではない。

——タクシーを利用したという点については、現在までタクシー業者からの届出なし。

②映画「犯人は誰だ」が新宿映画劇場において封切られたのは三月十二日であり、ロードショウ劇場では正月に封切られたものであるから、彼が犯行以前にその映画を観ておいて、アリバイ工作を準備することは可能だ。十五日午後一時五分に、彼が映画館に入った証拠はない。

③犯行に使用したビールについては、彼が持ち込んだものか、あるいは初めから暎子の部屋にあったものと考えるほかはないが、現在の段階ではいずれとも判断できない。

毒物については、彼がなんらかの目的、例えば刑務所を出て以来、絶望的な気持から自殺するつもりで入手しておいたものかもしれない。もちろん、彼が計画的に持参したと考えてもいい。

④犯行の前日正午頃、彼を訪ねて暎子の伝言を伝え、その住所を給仕に書き取らせたというマスクの男は、磯貝自身ではなかったか。マスクは顔の半分以上を隠すことができるし、その男は黒いベレェで頭部をも隠していた。

⑤さらに犯行の翌日、捜査会議に潜入したマスクの男こそ彼ではなかったか。彼は外交員だから、その行動は自在に工作できる。十四日から十六日まで三日間の、アリバイを徹底的に洗う必要があるが、そのためには捜査技術上、彼を逮捕するにしても、彼を犯人とする裏づけと確信があるか。

⑥彼が暎子を訪れたことは、彼自身が認めており、湯呑茶碗には、彼の指紋が歴然と残っている。彼が犯人としたら、なぜ、他の個所の指紋をすべて消して、茶碗にだけ指紋を残したのか。

以上の点について、なお捜査の要あり。

結論――磯貝浜造は犯人たりうる。しかし証拠はない。

◇平野清司について。

一、動機

①〈恋愛〉彼は、暎子がダイアナにいた当時から、彼女に執拗に言い寄っては断られていた。

この点、磯貝浜造の場合と同様である。

②〈憎悪〉彼は数回にわたって暎子を誘いだしたことを認めているが、彼女の秘密に関連して、彼女を脅迫していた疑いがある。その秘密（いかなる秘密か?）をタネ

に、平野は執念深く彼女に言い寄っていたが、その都度烈しく拒絶されていたのではないか。蓄積された憎悪は、ついに怒りとなって爆発する。

③〈利慾〉ぐれん隊の常として、彼は遊興費に窮していた（麻薬取引もこのことを証明する）。暎子の簞笥《たんす》の中から、三十七万円余りを積立てた預金通帳が発見されたが、現金は二百五十五円にすぎなかった。アシがつく危険を避けて預金通帳を盗らなかったことは、むしろ当然と考えていいが、鏡台の引出しには、二百五十五円をはるかに上回る現金、または宝石があったのではないか。かりにそれらの物がなかったとしても、それは殺した後で判明するものだ。二百五十五円の現金には、犯人の作為が感じられる。

④〈遊戯的殺人〉彼は探偵小説の愛読者だ。暎子への恨みをはらすと同時に、警察に対する反感から、遊戯的に完全犯罪をもくろんだのではないか。倫理観念の稀薄な、彼の反社会的性格を見逃がしてはならぬ。

二、アリバイ

競馬場のアリバイはでたらめだった。午後二時頃、新橋の場外馬券売場にいたことは確実とみられるが、午後一時前後に暎子を殺害して、二時までに現れることは可能である。

三、疑問点

①午後一時頃、暎子の部屋の前で新川加代の見たひげの男が平野だとしたら、なぜ、加代はそれに気づかなかったか。もっとも、加代はその男の横顔と後姿を見ただけだというから、ベレエをかぶり、歯ブラシの如き附けひげをしていたとすれば、気づかなかったことも無理とは言えない。
②警察の鑑別室で面通しをした睦月荘の女中とみよし旅館のおかみは、平野が、暎子と連れだって旅館にきた男と同一であるか否かについて、曖昧な回答しかできなかった。もし、平野がその男だとしたら、何故に彼は彼女を殺したのか。
③暎子が彼を嫌っていたとしたら、自分の部屋に彼を招いて、一緒にビールを飲んだということをどう説明したらいいか。
——平野に脅迫されていた暎子が、彼を殺す目的で部屋に招き入れ、コップを間違えたために、反対に彼女のほうが死んだのではないか。
④黙秘権を行使した彼の、隠されたアリバイは何か。
完全犯罪としての自信から、どこまでも警察を嘲弄して、英雄を気取ったつもりか。
⑤捜査会議に潜入したマスクの男に対する平野の嫌疑は、磯貝浜造の場合と同様である。
結論——平野清司は犯人たりうる。しかし証拠はない。

◇香月栗介について。

一、動機

①〈恋愛〉妻と別れて不自由なやもめ暮しをしている香月は、ひそかに暎子に求婚していたのではないか。とすれば、犯行の前日、暎子が香月を訪れたのは、何事かを依頼するためではなくて、何事かを拒絶するためではなかったか。恋の情熱は、すべての犯罪を可能に導くだろう。

②〈殺人狂〉彼は私立探偵になったほどの探偵マニアだ。探偵マニアということは、犯罪マニアということでもある。彼は美しい暎子を見て、彼女を殺すことに異常な快楽を味わおうとしたのではないか。彼の眼つきは殺人狂を思わせるものがあり、その奇怪な絵は精神分裂病患者の絵に酷似している。

③〈？〉満州において、香月栗介、安行ラク、水沢暎子の三人の間に何等かの因果関係があって、それが遠くから事件をあやつっているのではないか。

二、アリバイ

八時半頃起床して、ラクが事件を知らせにくるまで、自分の部屋にいたと申し立てているが、証人はない。ただし正午頃、彼が管理人室に現れて、ゴマ入りセンベイを食べながらラクと十分ばかり無駄話をしていったことは、ラクが認めている。

アパートの各室の出入口は、廊下に面して一ヵ所だけだが、狭い庭に面した窓を乗り越える気になれば、各室への出入りは自由である。管理人室から戻った彼が、すぐさま自分の部屋の窓を越えて、裏口から暎子の部屋を訪《おとな》うことはやさしい。加代の見たひげの男を香月とすれば、彼は犯行後ふたたび裏口から出て、自分の部屋の窓を乗り越えて戻ったのだ。

三、疑問点

①加代の見たひげの男が彼ではないかという疑問については、平野の場合と同じである。

②捜査会議に潜入したマスクの男についての彼の嫌疑も、磯貝および平野の場合と同様である。

③彼が犯人なら、何故に自分から問われもしないのに、死体移動の話などをしたのか。自殺偽装こそ、犯人の目的ではなかったか。

④香月栗介とラクとの間に共謀の疑いはないか。そうとしたならば、なぜ、彼はアリバイ工作をラクに頼んでおかなかったか。

共犯説を容れるとすれば、磯貝にも平野にも同様なことが考えられる。彼等は殺人請負人を依頼することによって、完璧なアリバイを持つことができたはずだ。その反対の場合、すなわち、彼らが何者かに依頼された殺人請負人だったとしても、それならば、なぜ、もっと確実で有力なアリバイ証人をこしらえておかなかったか。

共犯者はいつでも証人としてアリバイを立てうるだろう。
⑤香月はなんの目的でクラブ・ダイアナへ行ったか。そして、銀座を香月と歩いていた若い女は何者か。
結論――香月栗介は犯人たりうる。しかし証拠はない。

◇氏名不詳の人物について。
A、暎子を伴って、しばしば千駄ヶ谷《せんだがや》界隈の旅館に宿泊したひげのある男。
B、三月十五日（犯行の日）午前十一時頃、タバコ屋のおかみにさんご荘への道筋をたずねたひげのある男。
C、同時刻後間もなく、さんご荘の玄関で、山形時子に暎子の部屋をたずねたひげのある男。
D、同日午後一時過ぎ頃、暎子の部屋の前で新川加代が見たひげのある男。
E、同日午後六時頃、さんご荘に電話をかけて、暎子を呼び出そうとした男。
F、翌十六日夕刻、捜査会議に潜入して、やがて姿を消したマスクの男。
G、三月十四日正午頃、磯貝浜造の不在を電話で確かめた上、間もなく会社に彼を訪れて、給仕に暎子の住所を書き取らせるとともに、偽りの伝言を浜造に伝えさせたマスクの男。

X、三月十五日午後一時前後、さんご荘六号室において、水沢暎子を毒殺した男または女。

——Dの声を聞いた者はないのだから、Dを男装の女性と考えることも可能。安行ラクに注意。

1、犯人Xは以上挙げたA乃至Gのうちの誰、または誰々であるか?

——犯人XはA乃至Gのすべてでありうる。しかし、A乃至Gのすべてが犯人Xであるとは限らない。

2、犯人XはA乃至G以外に存在するか?

——犯罪捜査の経験則上からみて、そのようなことはありえない。A乃至Gのうちの何者かが犯人Xである。

3、磯貝浜造、平野清司、香月栗介の各人は、それぞれA乃至Gのうちの誰または誰々でなければならないか?

——BおよびCが磯貝浜造であることはすでに判明している。しかし、そのことが直ちに、犯人に結びつくわけではない。

4、磯貝、平野、香月の三名以外に犯人Xがいるとすれば、それは何者であり、いかなる動機による犯行であるか。

五　ひげのある挑戦

1

三月二十日。

午前十一時三十分。

新宿名画館のスクリーンでは、熱っぽいラヴシーンが展開されていた。半裸に近い男女の体臭が、むせかえるような愛慾シーンだった。磯貝浜造を尾行して、映画館の後部立見席に眼を光らせていた鬼頭刑事は、思わず息をのんでスクリーンに視線を奪われた。三十秒に足らぬ時間だった。職業意識が彼を我にかえらせた時には、すでに磯貝浜造の姿は、鬼頭刑事の視野から客席に溶けたように消えていた。

午前十一時四十分。

四ツ谷駅に停車した東京行の電車を、やりすごすかに見えていた平野清司は、突然、発車間際の電車にとび乗った。彼を尾行していた吉田刑事が、すかさず一車輛離れた別のドアからとび乗ったことはいうまでもない。電車は発車した。と、発車した電車の窓から吉田刑事の目に写ったものは、プラットホームでくわえタバコをふかしている、平野清司の姿にちがいなかった。

午前十一時五十分。

さんご荘一号室の窓とさんご荘の裏口、それに正面玄関の三方を、同時に見渡すことのできる位置に陣取って、朝から香月栗介の張込みを続けていた中村刑事は、あまりに静まった部屋の気配に不審を抱いて、一号室の窓に忍び寄った。香月栗介の姿は蒸発したように消えていた。

午後零時三十分。

睦月《むつき》荘旅館の女中、早坂《はやさか》春枝は、荒蓆《あらむしろ》の隙間から子羊のような早春の雲を仰いでいた。しかし、そのつぶらに開かれた二つの瞳は鈍色に濁って、もはや何ものをも見ず、ふたたび瞬《またた》くこともなかった。そしてつい先ほどまで、明るい息をはずませていた端々しくふくらんだ胸も、すべては流れ去った雲と同じように、かえることのない過去の中に、静かに横たえられていた。荒蓆に覆われた春枝を見おろして、ひげのある男は不気味な、しかし寂しそうな微笑を浮べたが、やがて急ぐ様子もなく立ち去っていった。

午後一時四十分。

四谷署の捜査係室は華やかな客の入来《にゅうらい》に賑っていた。みよし旅館の若いおかみと新川加代は、こもごもによく喋り、そしてよく笑った。郷原部長は彼女らの話をよく聞いたが、よくは笑わなかった。むっつりと押し黙った部長の顔を見て、部長さんは笑い方を知らないのかしら、と加代は考えた。笑い方くらいは赤ん坊でさえ知っているのに……。同じ建物の地下の監房に二宮伸七が勾留されていることを、彼女はまだ知らなかった。

「睦月荘の女中さんは遅いな。もう一時半をとうに過ぎた」

腕時計を覗きながら、部長は誰にともなく言った。

「ほんと、どうしたのかしら」

みよし旅館のおかみが答えた。

睦月荘の女中とみよし旅館のおかみ、それに新川加代の三人は、ひげのある男の目撃者として、午後一時半までに四谷署に出頭するように、捜査本部から依頼されていた。それから酒取警部補と郷原部長に引率されて、九段《くだん》の科学捜査研究所へ向う手筈だった。そして研究所鑑定室において、午後二時に待ち合わすことになっている佐原検事と捜査一課の鈴木警部を迎える予定だったのだ。三人の女の記憶をもとに、ひげのある男のモンタージュ写真を作成するのである。警察庁自慢のモンタージュ写真投影機は、鑑定室の白壁に、犯人の人相をさまざまと写し出すはずだった。

郷原部長は警察電話の受話器をとると、原宿署の捜査係を呼び出した。立木《たちき》刑事が電話口に出た。

「やあ、立木くんか。昨日、あんたに呼出しを頼んだ睦月荘の女中さんだがね、まだ出てこないのだ。呼出状は間違いなく本人に渡ってるんだろうな」

「おかしいですね」と立木刑事の声。「昨日の夕方、わたしが直接睦月荘へ行って、本人に手渡したんですから、その点は間違いありません。呼出しハガキの裏に、四谷署へ行く地図まで書いてやったんですよ。早坂春枝は、必ず時間までに行くと言ってました」

「済まんが手が空いていたら、ちょっと様子を見てくれんかね。都合が悪ければ、明日に延ばしてもやむを得ないのだが、とにかく彼女が来てくれんことには、こっちも出掛けるわけにはいかないんだ。何しろ、彼女がいちばん多く犯人と顔を合わせているんだからな。大切な参考人なんだ」

「承知しました。早速行ってみましょう」

2

立木刑事の足で急げば、原宿署から睦月荘までは五分とかからない。高血圧のために、いつも寝たり起きたりしているという睦月荘の肥《ふと》った女主人は、立木刑事を愛想のいい笑顔で迎えた。

「春枝さんはいますか」

立木刑事はきいた。

「いいえ、とうに出掛けましたけど」

「どちらへ」

「あら、いやですよ、からかっては」おかみは悪戯《いたずら》っぽく立木刑事をにらんで「昨日の夕方、明日の一時半までに四谷警察へ行くようにって、言ってこられたのは立木さんじゃありませんか」

「ところが一時四十分になってもまだ来ないけど、どうしたのかって、いま四谷署から電話があったのです」

「ほんとですか。おかしいわね。少し早目に行くようにって、十二時半頃出掛けさせたんですよ」

「十二時半？」

立木刑事は首を傾げた。睦月荘から千駄ヶ谷駅まで六、七分とみていいだろう。千駄ヶ谷の次が信濃町《しなのまち》、信濃町駅から四谷署まではゆっくり歩いても十分とかからない。

「それなら、とうに着いていなければならないがな。四谷署までは三十分で行ける」

「迷子になるはずはありませんしねえ。立木さんに書いていただいた地図を持って出たのですから」

「途中で警察へ行くのが厭になって、映画館にでも、もぐっちまったわけじゃないでしょうね」

「まさか、いくらあの子がのんきでも」

おかみは肥った体をゆすって笑った。おかしさとは関係のない、無理にこしらえた笑い声だった。それは立木刑事の微笑を誘わなかった。

「電話を貸して下さい」

おかみの笑い声を吹き消すように、立木刑事の暗い顔が言った。

郷原部長は立木刑事の報告を聞き終ると、不吉な予感とともに受話器を置いた。そして今度は普通電話のダイヤルを回して信濃町駅を呼んだ。電車の運行に事故のないことを確かめるためだった。

「ただいま当駅を発車した電車は、三十秒と狂っていませんでした」

駅員の若々しい声も、部長の不吉な予感を裏づけるばかりだった。すでに一時五十分を過ぎていた。とにかく、二時まで待とう、部長は小さな声で自分に言った。そして、二時になった。

ついに、早坂春枝は現れなかった。

部長は交換手に頼んで、科学捜査研究所を呼んでもらった。

電話は鈴木警部に取り次がれた。

「早坂春枝がまだ見えないのです。十二時半に睦月荘を出たというんですが、何かの手違いだと思います。どうしましょうか」

部長の声は滅入るように小さかった。

「どうするもこうするも、彼女が来ないことにはしようがないじゃないか」

鈴木警部の不機嫌は、電話線を伝ってくる声にも明瞭だった。

「申しわけありません」

「あんたが謝ることはない。とにかく、こっちは佐原検事も二時前から来て待ってるんだ。そのまま電話を切らないでいてくれ、相談するから」

電話口の向うで、鈴木警部と佐原検事の話し声が聞こえた。

やがて、佐原検事が代わって電話口に出た。

「二時半まで待ってみよう。それでも来なかったら、明日に延期だ。肝心の早坂春枝が来なくては、ほかの者だけ集まっても仕様がない。不完全な写真なら作らんほうがいい」

「承知しました」

重い荷物を下ろすように、部長は受話器を置いた。部長の前の椅子には、いつの間にか酒取警部補がきて腰をかけていた。

「二時半まで待つそうです」

部長は失恋したブルガーニンのように、元気のない声で言った。

「うん、聞いてたよ」警部補は重苦しい声で言った。「多分二時半まで待っても無駄だな」

「わたしもそう思います」

「ほとんど確実だな」

「確実ですね。これが確かだとすると、彼女は明日も、あるいは永遠に来られないでしょう」

思わず顔をあげて見交した二人の視線は、共通の不吉な予感にふるえていた。

「とにかく、二時半まで待とう」

酒取警部補は深い溜息をつくように呟《つぶや》いた。

何を待つというのか、その言葉のうらに隠された意味が、部長にはわかっていた。

しかし酒取警部補と郷原部長は、二時半まで待つ必要がなかった。間もなく原宿署からかかってきた電話が、彼らの不吉な予感を事実として告げたからである。受話器を置いた酒取警部補は、呆然と見まもる新川加代とみよし旅館のおかみを残したまま、ものも言わずに部屋をとびだした。

そのあとを、郷原部長が追った。

3

酒取警部補と郷原部長が四谷署をとび出した、ちょうどその頃、睦月荘とはつい目と鼻の先の八幡神社境内では、早坂春枝の死体を前に、両腕を組んだ原宿署の大迫警部補が、立木刑事の話に耳を傾けていた。風の加減か立木刑事の声は、死体現場を遠巻きに囁《ささや》き合っている十数人の弥次馬の耳にまで届くとみえて、その人群に隠れるように聴き耳を立てている者がいた。ひげのある男だった。しかし原宿署の署員たちは、たとえその男の存在に気づいたにしても、それが誰であるか、または誰に似ているかを知る由はなかった。

「早坂春枝は四谷署へ行くと言って、十二時半頃睦月荘を出たというんです。わたしは睦月荘の電話を借りて、その旨回答しました。何か悪いことが起ったような感じがしたものですから、そのあとしばらく、春枝さんのことについて睦月荘のおかみと話しこんでいたんですが、それもせいぜい十分くらいのものでした。そこへ春枝の死体を発見した近所の子供らが、青くなって知らせに来たんです」

「その時の時間は？」と大迫警部補。

「二時九分前でした。わたしの腕時計は一日に一分しか狂いません」

「それから？」

「そこでわたしは、すぐに子供らと一緒に現場へ駆けつけました。彼女は心臓のあたりを一突きにされて、死んでいました」

「死んでいることがどうしてわかったね」

「わたしは櫛入れとセットになっている小さな鏡を持っていましたので、鏡を彼女の鼻先に当ててみました。鏡は曇りませんでした」

「死体の状況は？」

「わたしが駆けつけたときは、死体にかけてあった蓆が、子供らのためにはねのけられていました。子供たちが死体を発見したときは、外部から見えないように蓆がかかっていたそうです」

「その子供らの名前はわかってるね」

「はい、控えてあります。子供たちは八幡さまの境内で野球をしていたんですが、ノックした球を探しにきて、死体を発見したわけです。この境内には時折浮浪者がきますんで、蓆の二、三枚はいつでも転がっています」

「子供たちは何時頃から野球をやってたのかね」

「正確な時間はわかりませんが、一時半頃からじゃなかったかと言ってます。とにかく、まだ始めたばかりだそうです」

「この境内の、ふだんの人通りはどうなんだ」

「駅へ行く近道になるので、朝夕は境内を横切る通勤者がかなりいるようですが、そのほかはあまり人が通りません」

「すると、犯人は土地カンのある奴だな。それでは、睦月荘のおかみをこっちに呼んでくれ」

大迫警部補は、死体からやや離れて、自失したように立っている睦月荘のおかみを見やりながら、立木刑事に言った。

「春枝さんが殺されたことについて、何か心当りはありませんか」

大迫警部補は静かにたずねた。

「いいえ、どうしてこんなことになったのか、さっぱり訳がわかりません」おかみはおろおろしながらも、口はよくまわるほうとみえた。「気立てのやさしい子で、男出入りもありませんでしたし、人さまから恨まれるようなことは、何一つ思い当らないのでございます。

うちでは、あたしが体が弱くて寝てばかりいるものですから、お客様のお世話はほとんど春枝にまかせていました。そんなわけで忙しくさせたものですから、滅多に外出もしませんし、遊ぶといいましても、月二回のお休みに映画を観に行くくらいのものでした」

「映画が好きだったんですか」

「はい、お休みには必ずといっていいくらい、映画を観てたようです」

「映画へは誰か友だちとでも」

「いいえ、一人です。ほかの女中と交替で、一人ずつ休ませることになってますから」

「余計なことをきくようですが、春枝さんはどんな映画が好きでしたか」

「なんですかよくは存じませんが、外国映画をよく観てたようです」

「最近ではなんという映画を観たか、話しませんでしたか？」

「そうですね、この間は『犯人は誰だ』とかいう探偵映画をみて、とても面白かったと言って、筋を話してくれましたけど」

「それはいつですか」

「たしか、十五日でした」

「十五日？」

十五日、それは水沢暎子の殺された日だ。同じ日に、磯貝浜造が同じ題名のアメリカ映画を観たと言っていることを、大迫警部補は郷原部長から聞いていた。

「なんという映画館で観たんですか」

「さあ、聞きませんでしたけど、春枝の部屋を探せば、プログラムがあるはずですからわかると思います。あの子はいつもプログラムを買っては集めていました。場所は新宿と言ってましたが」

十五日に新宿でその映画を観たならば、新宿映画劇場以外にありえない。

「その日、春枝さんは何時頃出掛けたのですか。そして帰ってきた時間は？」

「おひる御飯を早めに済ませて、そう、十二時頃でしたでしょうか。帰りは割合早くて、五時前だったと思います。それからしばらくして一緒に夕食をしましたから」

「そうですか……」警部補はひとまず話題を変えることにした。「春枝さんの素振りで、最近なにか変ったようなことはありませんでしたか」

「いいえ、別にございません。明るい性格の子ですから、心配事があればすぐにわかりますわ。少しもそんなふうはありませんでした。今朝なども、例の女の人が殺された事件のことで警察へ行くというのに、気味悪がるどころか、かえって面白がっていたくらいです」

「春枝さんは幾つでしたかね」

「満で二十二になります。そろそろお嫁にやらなくてはならないので、心配してたところなんですよ」

「好きな男はなかったと言いましたね」

は？」
「春枝さんは好きでなくても、男のほうから一方的に好かれているというようなこと

「はい」

「はあ」

おかみは何事か言いよどむ様子だった。

大迫警部補はすぐさまそれを見抜いた。

「隠さないでおっしゃって下さい」

「はあ、実は申しあげていいことかどうか存じませんもので」

「警察に話して悪いことは、何もありませんよ。警察は必ず秘密を守ります。決してご迷惑はかけませんから、安心して話して下さい。わたしのほうでは、どんな小さいことでも参考にしたいのです」

大迫警部補は力強く言った。

「実は今日、一人のお客さんが見えたのです」おかみはためらい勝ちに言った。「うちのようなところは、みなさんご同伴でいらっしゃいますから、お一人の方というのは珍しいのです。あいにく明日が祭日でお休みなもので、お部屋は予約のお客様でいっぱいだったものですから、お断り致しました。するとお客さんは、お泊りのことは直ぐに諦めたご様子でしたが、突然春枝に会わせて欲しいと言いました」

「ちょっと待って下さい。そのとき、その客は春枝に会いたいと言ったのですか、それとも、春枝さんに会いたいと」

「いえ、早坂春枝さんに、とおっしゃいました」

「続けて下さい。それは何時頃ですか」

「一時半を少しまわった頃でした。留守と申しますと、別に残念そうなご様子もなく、そのままお帰りになりました。あたしも何となく気になりましたので、ご用件とお名前をお伺いしたんですが、いずれまた出直してくるからとおっしゃいまして、お名前もお聞きできませんでした」

「おかみさんは、その男に見憶えはないんですか」

「はい、一度でもお見えになったお客様の顔は、たいてい忘れないのですが、その方は初めてでした。もっとも、あたしは滅多にお客様の前には出ませんのですけど」

「その男の顔は憶えてますね」

「はあ、黒いベレエをかむりまして、口ひげを生やしていらっしゃいました」

「ひげを？」大迫警部補は思わず叫んだ。ひげについては聞かされていることがある。

「どんなひげでしたか」

「歯ブラシのような、濃くて真っくろなおひげでした」

「年輩は」

「それがよくわからないんです。あたしも長い間客商売をしておりますし、たいていの方なら、お年からお仕事まで見当がつくんですけど、なんといいますか、五十くらいにも見えますし、三十前後にも見える、ちょっと捉えどころのないお顔でした。春枝を訪ねてきたところをみると、お若い方ではないでしょうか。派手なネクタイをしてましたが、身なりはあまりご立派とは申せませんでした」

　とこのとき、かたわらから立木刑事が口をはさんだ。

「ひげを生やした人なら、さっきからこの辺にいましたが」

「この辺とはどの辺だ？」と大迫警部補。

「向うです」立木刑事は、顔をふり向けて弥次馬を示した。「探してまいりましょうか」

「うん、連れてきてくれ」

　何気ないふうに、立木刑事は非常線を張った人だかりへ向って行った。

　しかし、ちょうどその頃、すでにひげのある男は、千駄ヶ谷駅のホームに立って、折柄到着した電車に乗りこむところだった。そして、その男の乗った電車の別のドアからは、酒取警部補と郷原部長とが勢いよく飛びだしたところだった。

4

八幡神社境内における現場検証を終えて、四谷署に戻った郷原部長は疲れ切った体を椅子に沈めたが、やがて万年筆のキャップをはずすと捜査日誌を開いた。今夜九時から開かれる捜査会議に備えて、頭の中を少しでも整理しておかなければならなかった。郷原部長の姿を八幡神社境内に見出した新聞記者が、早坂春枝殺しと水沢暎子毒殺事件とを結びつけて、警察の無能を攻撃するであろうことは明白だった。その記事が夕刊の締切に間に合わなかったことだけでも、部長はほっとする思いだった。佐原検事と鈴木警部に続いて、現場に駆けつけた捜査一課長の機嫌はもうれつに悪かった。新聞記者の集中攻撃にあうのは、いつも捜査一課長なのだ。今夜じゅうにも犯人を検挙しなければならない。捜査一課長はピリピリする声で言った。部長は新しいページの冒頭に――早坂春枝殺人事件と大書した。

1、犯行時刻は死体の状況、睦月荘のおかみの供述などから推して、二十日午後零時三十分より数分以内と思われる。

2、犯行現場は、八幡神社裏参道より神社正面大鳥居に至る幅員約二メートルの路上。死体現場は、犯行現場より西に向って約十三メートル離れた草叢《くさむら》の中。犯行現場と目される路上より死体現場に至る路上には、死体を曳きずって運んだ痕跡が明瞭に見られる。

3、死体は抵抗した形跡なく、仰臥《ぎようが》の姿勢のまま、発見時は蓆に覆われていた。着物の裾前がやや乱れているが、暴行の有無については不明。

4、死体から財布が盗まれているが、金額はわからない。預金通帳の積立額から推して、現金は四、五百円しか持っていなかったろうと睦月荘のおかみは言っている。

5、死因は心臓部の刺創《さしきず》。

被害者は犯行現場路上を通行中、うしろから長さ九十五センチ、太さ十二センチの棍棒で頭を強打されて意識不明となり、死体現場まで運ばれた上、刺身庖丁のごとき鋭利な刃物で、仰向きに寝かされたところを、上から一突きに刺されたものと見られる。

――被害者の後頭部に内出血が外見され、現場附近で発見された棍棒には、被害者のものと思われる頭髪が附着していた。

6、被害者は本署の呼出しに応じて出頭するため、午後零時三十分頃睦月荘を出たものだが、その後、千駄ヶ谷近辺で彼女の姿を見た者はない。

7、被害者が殺される理由は、さんご荘殺人事件に関連する場合を除いて、現在までのところ見当らない。
8、午後一時三十分過ぎ頃、口ひげを生やした男が睦月荘に被害者を訪ねたが、留守と聞いて、名前も告げずに立ち去った。このひげのある男の、その後の所在は不明だが、現場検証の始まる頃、附近にひげのある男がいたことを立木刑事が現認している。前者と同一人かどうかについては不明。
9、八幡神社境内には、三人の常連の浮浪者がいる。二人は夫婦者とみられ、かなり年老いているが、他の一人は若い男で、不精ひげが顔を蔽っている。三人とも時折境内にやってきては、ごろごろ寝そべっていて、夜は社殿の縁先に蓆を敷いて眠る。この十日ばかりは、三人の姿が見えなかったが、今日の午後一時頃、若いほうの浮浪者が、近くのタバコ屋でピースを一箱買ったという聞込みがあった。この浮浪青年については所在捜査中。
10、犯行推定時刻の約一時間前、すなわち午前十一時三十分から同五十分頃までの間に、磯貝、平野、香月の三人をそれぞれ尾行していた刑事は、いずれも相手の姿を見失った。三人が姿を消した場所から八幡神社までは、三十分以内に到着できる。
11、——

部長はここまで書いたとき、ペンを置いて顔をあげた。立木刑事の声を聞いたからである。

「慶応病院まで来ましたから、ちょっとお寄りしました」立木刑事が言った。

「どうだった、解剖の結果は？」

部長は回転椅子をぐるりと立木刑事に向けて言った。

「それが教授の都合で、解剖は明日になりました」

「明日は春分の日だぜ、休みじゃないのか」

「それでも、明日はやってくれるそうです。死体の検案に立ち会った医者の意見を聞きましたが、犯行の時刻、死因、兇器の種類などは、われわれの考えと大体一致しています。結論は解剖の結果をまたねばなりませんが、被害者は死亡の前後を問わず暴行をうけた形跡はありません。着衣の乱れは、痴漢の仕業《しわざ》と見せるための偽装だろうという話でした。つまり彼女は、完全なる処女だったのです」

立木刑事は言葉の最後に力をこめた。

「完全なる処女とはなんだ」

「医者がそう言ったんです。彼女は完全なる処女として死んだ、そう言いました」

「おかしな奴だな」

「被害者が犯されてないとすると、財布を盗ったという点も偽装工作ではないかと思われますが」

「しかし暎子殺しの犯人が偽装を図ったにしては、少し幼稚とは思わんかね。こんなのはすぐバレるにきまってるじゃないか。警察はそれほど間抜けじゃない。とすれば、どういうことになる」

「どういうことになりましょう」

「おれがきいてるんだぜ」

「だからわたしもおききするんです」

「話が通じないな。つまりだね、これは幼稚さをてらってやったことだ」ここで部長は立木刑事に活を入れるように、どんと机を叩いた。「決して幼稚でなんかありゃしない。すごく頭のいい奴の仕業だ」

「少しこみ入ってきましたね」

と立木刑事。部長の活はいっこうに効いたけしきがない。

「少しどころか、事件は初めから猛烈にこみ入ってるんだ。だからといって、われわれの頭もこみ入ってしまうわけにはいかん。われわれは常に明晰な判断力を要求されているのだ。立木くん、君の頭脳は明晰かね」

「さあ、どうでしょうか」

「頼りないな」

「部長は如何《いかが》ですか」

「明晰とは言えんな。部長試験をパスするのに九年もかかっている。しかしわれわれは、自分の手がけた過去の事件を振り返ってみて、それらの成功した事件の多くは、明晰な頭脳によってしか解決しえなかったはずだ、ということを忘れてはいかんよ。つまり、われわれは努力を明晰に替えることができるということだ。捜査とは、地道に、休むことなく、汗を流して歩くことなのだ。焦ってはいかん」

部長は自分に言い聞かせるように、膝を叩いて言った。

「そうですね」

立木刑事は頼りない声で相槌を打った。しかし部長は立木刑事の相槌に励みをつけられたように熱っぽく話し続けた。

「犯人は命がけで逃げている。今度の事件の犯人は、捕まれば間違いなく死刑だろう。それを追うわれわれのほうはどうか。捜査が失敗したところで、左遷されるくらいのものだろう。最悪の場合でも、現職を棒にふれば済む。たまたま犯人に殺される者もいるが、それはヘマな上に運が悪いのだ。警察官にとって、死は確率性の低い過失だが、殺人犯にとって、絞首台上の死はほとんど必然なのだ。犯人はこの死の必然性を免れるために、文字どおり懸命の戦いをしている。われわれの任務は、この必然を必然たらしめることにある。犯人にとっても、われわれにとっても、それが社会生活を営む上の約束だからだ。それが法律というものじゃないか。その犯人に対抗するためには、われわれも生活のすべてを賭けて戦うくらいの覚悟が必要だろう」

部長の声は、いよいよ熱をおびて高まってきた。署長訓示を下手にしたような部長の話は、長くなりそうだった。このような話は、すべての話の中でいちばん面白くないものだ。幸いに、立木刑事は自分が多忙であることを思い出した。

「お話し中ですが」

立木刑事の声に、部長は目が覚めたようにキョトンとして彼を見た。

立木刑事は言った。「そろそろ本署に帰らねばなりません。また出直してきます。会議は九時からと聞きましたが」

「なんだ、それまでここにいるんじゃなかったのか」

「いえ、署長に報告しなければなりません。大迫警部補と一緒に出直してまいります」

「そうか、それはたいへんだな」

部長は残念そうに言って時計を見た。間もなく七時半になる。

「今夜は徹夜になるぜ。女房にそう言っとかんといかんよ」

郷原部長は、部屋を出ていく結婚早々の立木刑事の背中に言った。

5

原宿署に戻った立木刑事は、建てつけの悪い捜査係室の戸を力いっぱいにあけた途端に、大迫警部補の怒鳴り声を聞いた。立木刑事は自分の開けたガラス戸のガラスが、割れたのかと思って驚いた。

「ウソをつけっ！」

人間離れのした声だった。

「そんなふざけた話を、おれに信用しろっていうのか。正直に言わんと承知せんぞ。この財布をどこで手に入れたのだ」

大迫警部補は机の上に置いた赤革の財布をばたんと叩いた。

大迫警部補の前に、おどおどして頭を下げている若い男は、立木刑事に顔馴染《なじみ》の、八幡神社の浮浪者にちがいなかった。だぶだぶのおんぼろの衣服は、いかにもほどよく身に合って、一分の隙もない浮浪スタイルである。食生活は栄耀《えいよう》を極めているらしく、木炭画のように汚れた手足から首のつけ根まで、小豚のようにまるまると肥って、不精ひげを伸ばした顔も、睡眠不足の大迫警部補に較べると、ぐんとすぐれて血色がいい。残飯を常食とする彼らは、美食家なのだ。ホテルや料理屋などの残飯残菜を食べつけているから、大迫警部補がうまいという脂の切れた鰯《いわし》などは見むきもしない。そして食後の一服に及べば、郷原部長の愛するゴールデンバットのごときは、さらに見むきもしない。もっぱらピースか洋モクに限られていることを、立木刑事は知っていた。彼ら怠惰なる現代の貴族たちは、決して働かないことを誇りとしている。——おれは自由なんだ、ある浮浪者の啖呵《たんか》を、立木刑事は侮辱されたような気持で聞いたことがある。だから、保護施設に収容されても、すぐに逃げだしてしまうのだ。

「どうなんだ。黙ってないで、なんとか言ってみろ」

大迫警部補はがなると同時に、もう一度財布を叩いた。浮浪者は自分が殴られたように、ひょいと首をすくめた。この若い浮浪者は、夫婦づれの老いた浮浪者よりも近隣の評判がいい。頭は少し足りないが、親切でお人よしという定評がある。境内で遊んでいる幼い子供をみると、キャラメルを与えたりするのだ。

「ほんとに拾ったんです。道に落ちてたんですよ」

若き浮浪者は口の中でぼそぼそと呟いた。

「駄目だな」大迫警部補はそりかえるように椅子にもたれて言った。「おまえはまだ本当のことを言ってないぞ。おまえの顔を見れば、ちゃんとわかる。どうしても本当のことを言わないなら言わなくてもいい。どうせ、おまえは刑務所へ行くのだ。正直に言えば、なんとかしてやりたいと思っていたが、嘘をついている以上はしようがない。おまえが殺人罪で裁判にかけられても、わしは知らんよ」

殺人と聞いて、浮浪者はとび上った。

「人殺しなんて、そ、そんなことはしません。八幡さまに誓います。ほんとに人殺しなんかしません」

顔を真っ赤にほてらして、浮浪者は泣声だった。そして、涙を催促するように、汚れた手で眼をこすった。

「それなら、どういうわけでこの財布をおまえが持ってたのだ。これは殺された女が持ってたものだぞ」

浮浪者は警部補の言葉がなかなか飲みこめないように、机の上の財布をじっと見つめた。

「本当のことを言えば、許してくれますか」

「そうさ。おまえが殺したんじゃないことがわかれば帰してやる。その代わり、今度でたらめを言ったら絶対に許さんぞ」

「ほんとに許してくれますね」

「もちろんだ」

「約束してくれますか」

「法律が約束してくれる」

「刑事さんも約束して下さい」

「約束するから、早く言ってみろ」

「本当ですね」

「くどい」

警部補の声は思わず高くなった。

浮浪者はまたしても首をすくめたが、ようやく安心したのか、落ち着いた様子で話し出した。

「八幡さまの横を歩いてきたら」

「八幡さまの横とは、どの道だね」

警部補はできるだけやさしい声できいた。

「八幡さまの裏の、石崖の下です」

「それは何時頃だった」

「昼間です」

「昼間はわかってる。昼間の何時頃かときいてるんだ」

浮浪者はしばらく首をかしげていたが、いつまで待っても、その昔は傾いたきりで真っすぐにならなかった。

「どうしたんだ」

大迫警部補はじれったくなって言った。

「忘れたらしいです」

浮浪者は首をかしげたまま答えた。

「忘れるはずはない。よく考えてみろ」

「今は何時ですか」

何を思いついたのか、浮浪者がきいた。

「八時を少し過ぎたところだ」

「なるほど」

「何がなるほどだ。わかったのか」

「いいえ」

「わからんのか」

「はい」

「しようがないな。それなら、太陽がどの辺に出ていたか、そのくらいは憶えてるだろう」

「おてんとうさんですか」

「そうだ。おまえの真上にあったか、それとも少し西のほうに傾いていたか」

「――」

「それもわからんのか。今日はいいお天気だったぞ」

「上のほうにあることはあったけど」

浮浪者はやはり答えられなかった。

「よし、昼間としておこう」大迫警部補は諦めた。「それからどうした」

「昼間頃、八幡さまの横を歩いていたら、おれの前を歩いてた人が、この財布を捨てたんです」

「捨てたのがどうしてわかった」

「道に落ちたからです」

「それなら、捨てたんじゃなくて、落としたんじゃないか。それで？」

「それで、おれが拾って持っていたら、おまわりさんに捕まったんです」

「持ってただけか。財布の中にはお金がいくらあった」

「三百二十円です」

「そしておまえは、財布を交番に届ける代わりに、自分のポケットへ入れたわけだな」

「違います。交番に届けようと思っていたところを捕まえられたんです」

「そんな言いわけの仕方を、どこで憶えてきたんだね」

大迫警部補はゆっくりと言った。浮浪者はひやりとしたように目をつむった。

「つまり、早く言えば」

「さっさと早く言ってくれ」

「はい、つまり、そういうことになります」

「よし、それからおまえはその金でピースを買って、そば屋でザルソバを三杯食べた。そして四杯目にかかったところを捕まったというわけだな」

「はい。ザルソバが大好きなんで」

「金の入っている財布を捨てる者はいない、ということはおまえにもわかるな。おまえのやったことは遺失物横領罪というのだ」

大迫警部補は軽くきめつけた。

「かんべんして下さい。もう決してしませんから」

何回か同じような経験があるとみえて、浮浪者は大迫警部補の言葉が終らぬうちに、机に頭をつけて謝っていた。

この浮浪者が、早坂春枝を殺したと考えることには無理があるようだ。財布を拾ったことは、多分真実であろう。大迫警部補は今にも泣き出しそうな浮浪者を見ながら思った。見れば見るほど間のぬけた、善良そうな顔だった。大迫警部補はいじらしくなってきた。

「おまえの前を歩いていた男、つまり、この財布を落とした男というのは、どんな男だったね」

「わかりません、顔は見なかったんですから」

「財布に気を取られてたんだな」

「はい、早くいえば」

「帽子はかぶってなかったか」

「かぶってました。鍔《つば》のない黒い帽子でした」

「その男はどっちへ行った」

「前のほうです」

「当り前だ。犬だって歩く時は前へ歩く」

「駅へ行く大通りのほうです」

「その男は急いでいたかい」

「それはわかりません、本人によく聞いてみないと」

「ふざけるな。急ぎ足だったか、ゆっくり歩いていたかときいてるんだ」

「……その中間くらいです」

「普通なんだな」

「おれがゆっくり歩いていたら、その人に追い越されたんだから、ゆっくりよりは早いんです。そのあとで、すぐに自転車がその人を追い越して行ったんだから、自転車よりは遅いんです。おれはいつだって、ゆっくり歩いてるんだ。急いだことがないってことは、仲間に聞けばわかるな。おれたちはみんなゆっくりしてるんだから」

浮浪者は急に得意そうになって言った。

「よし、わかった。おまえの話を信用することにしよう」

「帰っていいんですか」

若き浮浪者はたちまち笑顔になった。

「いや、そうはいかない。せっかくだから二、三日泊っていけ。部屋は地下だが、洋室で三食賄《まかな》いつきだ。四、五日したら、かならず釈放してやる。安心してゆっくり遊んでいけ」

大迫警部補はやさしい笑顔で言った。

6

大迫警部補と立木刑事が捜査本部に顔を出したときには、すでに地方検察庁から佐原検事と浅利事務官、四谷署から所警部をはじめ酒取警部補以下の捜査担当者が席についており、警視庁から捜査一課の腕きき刑事が集まっていた。捜査一課長の姿が見えないのは、渋谷《しぶや》署管内に発生した強盗殺人事件の現場へ出かけているためだった。しかし先ほど、捜査本部にあった電話の様子では、犯人はまもなく現場附近で逮捕されたから、九時半までに出席できるだろうという話だった。

殺人事件の捜査会議における主役は捜査一課長である。犯人が検挙されて、事件が検察庁に送致されると、捜査の主導権は検事に移るが、それまでの間の検事は、警察の捜査に助言を与えたり、時には積極的に捜査を指揮することがあっても、どちらかといえばオブザーバーにすぎないことが多い。その主役の捜査一課長がいないのではやむを得ない。会議は捜査一課長の到着を待って始めることになった。しかしそうは言っても、席上の雑談が事件のことに集中したのは、むしろ当然といえよう。

酒取警部補と郷原部長との間に腰をおろした大迫警部補は、郷原部長に話しかけた。二人は久松《ひさまつ》署勤務時代の同僚だった。大迫警部補のほうが三年ほど早く部長試験に合格して、やがて警部補に累進したのである。

「こちらへくる前に、電話で所刑事課長に報告したから、あんたも聞いてるだろうけど、ピースを買ったという例の浮浪青年ね」

「うん、聞いた」と郷原部長。

「あいつの話は信用できると思う。つまりだね、春枝を殺した犯人《ホシ》は、浮浪者に拾わせる目的で財布を落としたんだ」

「それはわかる。しかし、なぜ、拾わせたかったのだろう。浮浪者を犯人《ホシ》に仕立てるつもりだとしたら、ずいぶん警察をなめた話じゃないか」

「そのとおりだ。犯人は、その偽装を警察が見破るにちがいないということまで、ちゃんと計算に入れて動いている。まるで子供だましのトリックだよ。財布が目的なら、棍棒で殴って気絶させるだけで沢山だ。殺す必要はない。これはあんたが考えている以上に、警察をなめているということだ。なめていることをわざわざ知らせているようなものだからな。なめているというよりも、からかっているといったほうがいい」

「全くだ」

「感心しちゃいけないね」

「いや、全くだよ。ところで、わたしはその浮浪者を見てないからなんとも言えないが、大丈夫なんだろうな、そいつが殺《や》ったんじゃないというのは。何しろラーメン一杯おごったの、おごらねえのって、人を殺した奴もいるんだぜ。三百二十円入った革財布は、動機としても充分だ」

「まず、あの浮浪者は問題ないね。一目見ただけで、どこが抜けているかわかる。だが、念のために身柄は泊めてある。可哀相だったが、遺失物横領で逮捕した。身柄が必要なら佐原検事に頼んで、奴さんを四谷署に移してもらってもいいぜ」

「それより、明日にでもこっちから原宿署へ出掛けるよ。現場ももう一度見たい」

「とにかく問題は午後一時半頃、睦月荘に春枝を訪ねてきたというひげのある男だ」

「おまけに、その男に似たひげのある男が、検証現場の弥次馬の中にもぐり込んでいたというんだろ？」

「そうだ」

「全くばかにしてやがる。何処《どこ》へ行ってもひげのある男だ。どいつもこいつも、ひげを生やしている。浮浪者までが不精ひげを生やしてるんだ」

郷原部長は、自分のひげを忘れたかのように言った。そして、

「ひげについて、あんたはどう考えているのだ？」

「というと？」

大迫警部補が問い返した。

「要するにわたしの言いたいことは、犯人はなんのためにひげを生やしているか、ということだ」

「あんたの場合はどういうわけだ」

大迫警部補は郷原部長のひげを見ながら、もう一度問い返した。

「わたし？　わたしが犯人だというのか」

「いや、そういうつもりじゃない」

「それなら余計なことは言わんでもらいたいね、話が混乱する」

「それでは前言取消しだ。ひげの続きをやってくれ」

「つまりだね、犯人のひげの下には何があるか、もしくは何がないか、ということだ。小

さなひげを隠すために、大きな附けひげを貼りつけることは、そんなに悪い智恵でもない。さらに言えば、ひげがないことを隠すために、附けひげをすることも悪い智恵じゃないぜ」

「なるほど。鼻の下の長すぎる男は、ひげを生やすと顔全体がひきしまるというな」

「鼻の下には、大きなホクロがあるのかもしれん」

「うん、このひげのトリックは、マスクの場合にも同じことが言えるね」

「そうなんだ」

「犯人のひげは贋物か本物か、まず、それを突きとめる必要があるな」

「そうなんだ、全く、そうなんだよ」

郷原部長は自分のひげをつまみながら、憮然として言った。平野清司と香月栗介のひげが、本物か贋物か、せめてこの二人のひげだけでも、思いきり引っぱってみることができぬものか、部長は切実にそう考えた。

「尾行には慣れているはずの刑事が三人、揃いも揃ってまかれちまうとは全く意気地のない話さ」

中村刑事が自嘲《じちょう》するように言った。

「そう言われると一言もないよ。平野を尾《つ》けてたのはおれなんだ」

続いて、吉田刑事が面目なさそうに言った。

「いや、あんたを責めるつもりで言ったんじゃない。香月栗介を張ってたのはおれなんだ。責められるとしたら、まず、おれだよ。すでに郷原部長には、ぎゅうぎゅう絞られたがね」

「磯貝浜造を尾けていた鬼頭さんに聞いたのだが」

と吉田刑事は言った。――鬼頭刑事が磯貝浜造から目を離したのは、ほんの二、三十秒にすぎなかった。磯貝はスクリーンに熱中している様子だったし、尾行に気づいた気配も見えなかった。鬼頭刑事は老練だった。だが、この老練さへの信頼が、しばしば自分を裏切ることになるのだ。鬼頭刑事のわずかな心の弛みを狙ったかのように、スクリーンは熱っぽいラヴシーンを展開した。鬼頭刑事の眼は、我知らずスクリーンに吸い寄せられていた。磯貝浜造の失踪を発見した彼は、愕然として映画館をとび出した。もちろん、磯貝が尾行をまく気で消えたものなら、いつまでも映画館の附近にうろうろしているわけがない。案内ガールにたずねても、磯貝と覚しい男が映画館を出たことに気づいた者はなかった。

そこで鬼頭刑事のなすべきことは、ふたたび映画館に入って、紛失物を探すふりをしながら、観客を一人一人当ってみる以外になかった。一階、二階の客席はもとより、映写室からトイレットまで覗いてみた。磯貝の姿はついに見当らなかった。鬼頭刑事はぐっしょり汗をかいて、映画館を出た。

もはや磯貝の帰宅を押さえるほかはない。新宿から14番の都電に揺られて、阿佐ヶ谷《あさがや》まではかなりの道のりがある。都電を下りてから磯貝の自宅までは、さらに二十分も歩かねばならなかった。磯貝の自宅の筋向いにある小穢《こぎたな》い汁粉屋へ入った鬼頭刑事は、渋い顔をして汁粉を注文した。そして、テレビを見るふりをしながら磯貝の帰宅した六時近くまで、酒好きの彼が、三杯の不味《まず》い汁粉と、二皿の不味い葛餅とを食べなければならなかった。三時頃から六時近くまで、一杯の汁粉だけでねばる図太さが、彼にはなかったのだ。三杯目の汁粉を目の前にしたとき、彼は生れて初めての、深い厭世観にとらわれた。

「それから後の話がもっといけないんだ」吉田刑事は続けた。「ようやく磯貝が帰ってきたところを、とっ捕まえたのはいいが、聞いてみると、映画の途中で急に腹が痛くなったので、トイレへ行ったというんだそうだ。よく聞いてみれば、奴は急いでたので、婦人専用のトイレへ入っちまったらしいのだ。ところが、鬼頭刑事は婦人用だけ探さなかったんだよ。まさに盲点だね、これは」

「くさいな、そのトイレの話は。しゃれじゃないけど」

「うん、確かにくさい。磯貝は用を済ますと、ふたたびもとの席に戻って、二本立の映画をしまいまで観たというのだが、話がうまくできすぎてるじゃないか」

「全くだ。もう一度言うけど、その話はくさいぜ」

中村刑事は片肘ついた肩をいからして言った。

「磯貝の話が本当かどうかは別として、鬼頭さんが婦人専用のトイレを見逃がしたというのは、失策にはちがいないが、同情もできる」吉田刑事はなおも続けた。「ところがおれの場合は、みすみす平野に撒かれちまったんだから、部長にどやしつけられても、一言もなかったよ。だいたい三十メートルくらいの距離をおいて尾けてたんだが、そのとき平野はプラットホームの真ん中辺に立って、ダンスのステップを踏むような真似をしていた。そこへ東京行の電車が入って来た。奴はその電車に乗ろうとする気配を全く示さなかった。しかし、おれも油断はしなかったつもりだ。発車ベルが鳴り終り、車掌が警笛を吹いた。と、平野が突然電車にとび乗ったのだ。おれも素早く、というより、この場合は慌ててということになるが、とにかく危うく電車に滑り込んだ。電車は発車した。ところが、平野の奴はちゃんとホームに残ってるじゃないか。おれがとび乗った瞬間に、奴はまた逆にとび下りたんだな。全くおれもヤキが回ったよ。平野の奴、何処へ行っちまったか、まだわからない始末だ」

「それほど、くさることもないさ。あんたの場合も、あながちミスとは言えない」と中村刑事。「なにしろ平野は、つい先日、尾けられていることを知らなかったばかりに、麻薬《ペー》の現行犯で逮捕《パク》られている。だから当然、釈放後は尾行がついてることを承知なわけだ。いわば彼は、いつでも逃《ふ》げるチャンスを狙ってたのだ。相手が尾行に気づいたとしたら、誰がやっても、こっちに勝味はない。むしろ最低の失策はこのおれさ。今になって思えば、香月は廊下から空室になっている七号室に入り、そこの窓をのり越えて出て行ったということがわかるのだが、とにかく恥ずかしくて話にならんよ。心当りを探してはみたが、碁会所にも何処にもいないんだ。そして、何処へ行ってきたのか、四時頃になって涼しい顔で戻ってくるなり、おれの姿を見つけて、やあ、ご苦労さん、と言いやがった。おれは刑事を辞めたくなったね」

「なに、あんたの場合は、課長もやむを得ないと言ってたよ。手が足りなかったとはいえ、あのアパートを一人で張込むこと自体に無理があったのだ」

互いの傷口を舐め合うような友情のやりとりは、覆いきれない彼ら自身の傷口を、むしろ自虐的に曝《さら》けだすばかりだった。

「とにかく」と所警部が酒取警部補に言った。「水沢暎子を殺した奴と早坂春枝を殺した奴とが、同一人であることは間違いないね。早坂春枝は、暎子と同伴で睦月荘その他の旅館に泊ったひげのある男を識別しうる、もっとも有力な証人だった。春枝が殺されたということは、そのひげのある男が暎子殺しの犯人であることを、自白したようなものじゃないか。春枝が殺されたことは、警察の責任として攻撃されても致し方ないが、見方を変えてみると、これは犯人が焦っている証拠だな」

「その点は私も異論ありませんが」酒取警部補が言った。「犯行後間もないと思われる今日の午後一時半頃、睦月荘に春枝を訪ねてきたというひげのある男については、どうお考えですか。その男が、かつて睦月荘において水沢暎子との情事を重ねた男だとすると、冒さなくて済む危険を、ことさらに冒しているように思われるのです。不自然ではないでしょうか。いくら巧みに変装したとしても、睦月荘には彼の顔を記憶している者が、春枝以外にもいるんですからね」

「そこだよ、犯人の図太いところは」と所警部。「マスクをして捜査会議にのりこんだ、あの大胆さを思い出してみろよ。われわれを舐めていることは言うまでもないが、それ以上に、犯人は警察を舐めきっていることをみせたかったのだ。大きな事件の犯人に共通する虚栄心だね。危険が大きければ大きいほど、この種の犯人にとっては魅力がある。この虚栄心の俘虜《とりこ》となって、自ら滅んでいった犯罪者の例は、いくらでもあるじゃないか」

「所警部の意見には、ぼくも同感だが」とこのとき、二人の話をかたわらで聞いていた佐原検事が口をはさんだ。「こういうことも考えられないかな。所警部の言うように、二つの殺人事件の犯人が同一人であると仮定してだね、犯人の目的は水沢暎子ではなくて、むしろ早坂春枝を殺すことにあったのではないかと考えてみることだ。つまり、春枝殺しの動機を隠蔽するために、まず、犯人とはなんの関係もない人物、すなわち水沢暎子を殺す、そして、警察の眼を暎子殺しに集中させておいてから、第一目的の春枝を殺《や》るわけだ。もちろん、この場合犯人は、暎子のことについて春枝からいろいろと聞いていたわけだ。春枝が暎子殺しの重要参考人として殺されたとなれば、警察は暎子殺しの動機しか考えないだろうから、犯人は捜査圏外にはじき出されて、いささかの不安もない。あとは二つの殺人事件の迷宮入りを眺めていればいいのだ。早坂春枝の身辺は、徹底的に洗ってみる必要があるんじゃないかな」

「なるほど」

所警部は深く頷いた。

「そうしますと、春枝を殺した動機は何でしょうか」

酒取警部補は納得のいかぬ顔つきで検事にきいた。

「それはぼくにもわからない」検事が言った。「ぼくの言ったことは、あくまでも仮説だ。しかしすべて捜査というものは、仮説の上にたって進められるものでしょう。捜査とは、いくつかの仮説をたてて、その中から一つの真実を発見することじゃないですか。それに、動機というものは犯罪に先行して存在するものだが、捜査においてはそれが逆の場合もある。犯人を捕えてみて、初めて動機がわかったというようにね。真実の動機は、むしろ最後にわかるものだ」

「ただいまの検事さんのご意見はわかりましたが」今度は所警部が言った。「そうするとですね、旅館での密会を重ねて、暎子を妊娠させた男は、犯人に非ずということも考えられますが、それほど深い関係にあった男が、女が殺されたというのに葬式にも来ないということは、どういうわけでしょう」

「それはこんなふうに考えられませんか」と佐原検事。「その男に妻子があるとか、あるいは社会的地位のある男で、事件の係り合いになることを怖れて、姿を出さないのだと。そういう気の小さい、卑怯な手合いはいくらもいますよ」

「ということはつまり、彼女を妊娠させたひげのある男は、捜査線上に現れた他のひげのある男およびマスクの男とは、別人だということですね」

「そういうことになります。もちろんこれも仮説にすぎないが、一応考えておくべきじゃないかな」

「そうですね、その点は、私も考えてみました」酒取警部補が言った。「しかしそう考えると、どうしても腑に落ちないことが出てくるのです。水沢暎子の部屋に、その男との関係を暗示するものが何一つなかったことです。男のものでなくても、男から貰ったような物が何か一つくらいはあってもいいはずなんですが、はっきりそれと見られるものはありませんでした。彼女のアルバムを見ても、それらしい男の写真は見当りませんし、特におかしいのは、住所録が見当らないことです。住所録でなくて手帳でもいいんですが、そのような当然あるべき物さえありません。要するに、彼女の部屋は男の匂いが全くないのです。彼女を殺した男は自分に関係のあるすべての物を、部屋から持去ったにちがいない、と私は考えています。そして、その男は誰かということになると、私はやはり、彼女といっしょに旅館に泊ったひげのある男以外には考えられません」

「それも一理ある。しかし」と検事は静かに言った。「すべての理にかなうということはできない。そのように割切って考えることが、なぜ危険かということを、磯貝浜造を例にして考えてみよう。酒取警部補の論理を進めていくと、磯貝は絶対に犯人ではあり得ないことになる。なぜなら、彼は二月十八日に刑務所を出たばかりだからだ。服役中の彼は昨年秋から年末にかけて、女と睦月荘に現れることは不可能だし、事実、彼は睦月荘に一度も泊っていない。その彼に春枝を殺す理由があるだろうか。全くありませんね。ところで、これを犯人の立場から逆に考えてみよう。磯貝を犯人と仮定した場合、彼は暎子をつれて睦月荘に泊ったことはないし、早坂春枝は彼を知らないはずだから、春枝がどんなに重要な証人でも恐れることはない。したがって、彼女を殺す動機がないのだ。その彼が、重要な証人と目されている春枝を殺せば、どういう結果が生れるか。初めに言ったように、彼は捜査圏内から完全に除外されます。春枝殺害の動機をもつ者は彼女に顔を知られている者、つまり暎子をつれて旅館に泊った者である、と警察は考えるに違いありませんからね。磯貝は当時刑務所にいたのだから、そのひげのある男でないことは明白なんだ。どうですか、素晴しいトリックじゃありませんか。もちろんぼくは、磯貝が犯人だというわけではない。独断がいかに捜査をあやまつ危険につながっているかを言ってみたまでです。このトリックは香月にも平野にも通用するでしょう。考えられる限りの、あらゆる仮説をたて、そのすべての仮説を疑うことが大切ですね」

鋭い推理だ、さすがは佐原検事だな――聞いていた浅利事務官は感心した。

「なるほど」

酒取警部補もそう呟いて考えこんでしまった。

「しかし、ぼくもこんな難しい事件にぶつかるのは初めてなんだ。なんとしても迷宮入りにはしたくないな」

佐原検事は短くなったタバコをもみ消しながら言った。

「いや、犯人はわかっていますよ」

とこのとき、ドアの外で男の声があった。つづいて、ドアをノックする音が聞えた。一同の視線がいっせいにドアに向けられた。

「どうぞ」

ドアの近くにいた郷原部長が応えた。

ゆっくりとドアが開き、ひげのある一人の男が、黒いベレェを片手に入ってきた。

「あっ」

入ってきた男をみて、郷原部長が小さく叫んだ。

7

香月栗介だった。

「待ちたまえ。無断で入ってきては困る」

郷原部長が怒気を含んだ声で言った。

「どうぞ、という声は、確か部長さんと思いましたが」

栗介は動じなかった。

「なぜ、受附を通さなかったんですか。警察の者だと思ったからそう言ったので、部外者とわかっていたら、そうは言わなかった」

「受附のおまわりさんは忙しそうでしたのでね。無駄な手数は省いたほうが」

「勝手なことを言っちゃいかん。手数が無駄なものかどうか教えてあげよう。直ちに立ち退いてもらう。そして、気が向いたらもう一度、今度は受附を通してやってきてくれ」

「そうしたら玄関払いをくわせる、とおっしゃりたいわけですね」

「当り前だ。それだけわかっていたら、さっさと帰るんだな」

「弱りましたな」

しかし栗介は、いささかも弱った様子が見えなかった。

「弱りたければ、勝手に弱ればいい」

部長は撥ねつけるように言った。

「いや、警察のほうが弱るだろうと思いましてね」

「どういうわけだ、それは」

「水沢暎子と早坂春枝を殺した犯人が、ぼくにはわかっているからです。そして警察には、それがわかっていないからです」

「われわれが犯人を知らないって？」

「つい先ほど、迷宮入りとかいう声が聞こえましたのでね」

「ふん」部長は口惜しさを噛みころすように笑った。「いいだろう。あんたには犯人がわかっている。それで、われわれに犯人を教えにきてくれたというわけか。わかりました。ご協力を感謝します。どうぞ、お引取り下さい。ご苦労さんでした」

「まだ犯人の名前をいいませんよ」

と不服そうに栗介。

「せっかくだが、われわれにも犯人はわかっている。多分、あんたの考えている犯人とは別の人物がね」

部長は押し強く言った。犯人が犯人を知っているのは当然ではないか、部長は自分の言ったことを信じようとして、胸の中で威勢よく呟いた。

「まあ、待ちたまえ、郷原くん」所警部が席を隔てて口をはさんだ。「この方の言うことを聞いてみようじゃないか。どうですか、検事さん」

「私は賛成です」

酒取警部補がすぐに応えた。

「いいでしょう」

佐原検事も首を縦に振った。

「それでは聞かせて頂きます。どうぞ、こちらへ」

所警部は、やがて来るはずの捜査一課長のために設けられた空席を示して、いんぎんに香月栗介を招いた。

「わたしたちは今、この椅子に掛けることになっている人を待っているところです。その人はもう十分もすれば、くるかもしれない。したがって、あんたの話は簡単に、つまり十分以内に願います。その人がやってきたら、あんたにはお帰り願わねばならんでしょうから」

所警部は附け加えた。

「承知しました」

香月栗介は郷原部長に皮肉な微笑を投げかけてから、モケット張りの肘掛椅子に潜りそうに腰を埋めた。

「ただいまこの席で、犯人の一人と疑われているらしいぼくが、いきなり犯人の名前を挙げても、恐らくは信じていただけないでしょう。そのとおりですね、部長さん。しかし、お話しするからには信じてもらわなければなりません。そこでぼくは、話の途中で部屋から放り出されないように、まず、事件の性格について話すことから始めたいと思います。そうすれば、そこから導き出される結論、すなわち、犯人はただ一人の人物以外にあり得ないことを、了解していただけると信ずるからです」

火を点《つ》けたタバコを片手にくゆらして、香月栗介は一同の顔を眺めながら悠然と語りだした。

「まず水沢暎子毒殺事件、これは春枝殺しにも共通することですが、犯人は、犯罪について相当の知識を持っていることが想像されます。何一つ犯人を推定しうる手がかりを残しておりません。実に冷静に犯行を演じて姿を晦《くら》ましています。犯罪知識のある者といえば、失礼ですがここにおられる佐原検事、浅利事務官、所警部、酒取警部補、郷原部長刑事、吉田、中村の両刑事、原宿署の大迫警部補、立木刑事、そのほか鈴木警部をはじめとする捜査一課のかたがたも例外ではありません。それから磯貝浜造、平野清司、それにぼくの三人はいずれもこの第一条件を有する者として、容疑者の枠内にあります。磯貝は刑務所生活まで体験していますし、平野にも前科が三犯ある。はばかりながらぼくは私立探偵として、その道の専門家です」

香月栗介の言葉は淡々として淀みなかった。部屋の空気は次第に緊張を示して、咳払い一つする者もない。

「第二として、この犯罪は冷静かつ綿密な計画に基いて行われたものであります。犯人は暎子の死体を自殺に見せかけようとしており、さらに犯人は自殺偽装がばれた場合のために……」

ここまで話してきたとき、香月栗介はふいに口を噤《つぐ》んでしまった。俯いた眼が、何も置いてない机の上をじっと見詰めた。彼の顔には、何か苦しそうな表情がありありと見えた。

「さらに犯人は自殺偽装がばれた場合の……」

香月栗介はふたたび言いかけては口ごもった。話の先をためらうようにも見えたし、話し続ける苦しみに耐えぬようにも見えた。彼の息づかいは心なしか早かった。

どうしたのだ、と郷原部長は思った。自信がぐらついたのか。それとも、自分の犯罪を語る演技の苦しさに耐えられなくなったのか。部長は湯呑茶碗をとると、冷めきった番茶をがぶりと飲んだ。気持を落ち着けるためだった。

しかし気を落ち着けるために番茶が必要な者は、香月栗介と思われた。うつけたように、眼は天井のある一点を眺めて動かなかった。ひげだけが、生物のようにヒクヒクと顫《ふる》えていた。彼の考えていた犯人とは全く別の人物に対する新しい疑惑が生じたのであろうか。

このとき、軽くドアをノックする音があった。

「やあ、お待たせしました」

捜査一課長が元気よく入ってきた。

香月栗介の顔に、安堵の表情が浮んだ。

「お待ちかねの方がお見えになったようですから、ぼくはこれで失礼します」

彼は急に元気づいて、捜査一課長に席を譲った。

「待ちたまえ」所警部が言った。「せっかくここまで伺ったのだから、最後までお聞きしましょう。どうぞ続けて下さい。こちらにも椅子がありますから」

所警部はそう言いながら席を立つと、部屋の隅から椅子をかかえてきた。

「いいえ、ご遠慮します。お客さんが見えるまでという約束でしたし、ぼくは約束を破ると眠れない性質《たち》でして」

「あんたが約束を破るのではなく、約束を破るのがわたしのほうだったらいいじゃないですか」

「そういう言葉の文《あや》は好みません」

「どうしてもですか」

「失礼します」

香月栗介はかたくなだった。

「それでは、犯人の名前だけ挙げてから、お引取り願おう」

「それは明日になれば、おわかりになります。犯人は明日死ぬでしょうから」

「なに？　犯人は明日死ぬ？」

「そうです。明日、午前中に、できたら自首して欲しいと願っているのですが」

「ほんとうの話か」

「多分」

「あんたは本気で言ってるのか」

「多分」

「それがわかってるなら、なぜ、そいつの死を防がないのだ」

「それができないからです。ぼくには自首をすすめることしかできない」

「おい」所警部は声を荒げた。「ふざけるのもいい加減にしろ、明日死ぬというのはあんた自身じゃないのか」

「多分、ぼくではないつもりです。ことによると、いや、決してぼくではないでしょう」

「それでは念のために、一言だけ答えてもらおう。あんたがそれほどに言うなら、春枝を刺した兇器が何処にあるかくらいは知っているはずだ。それを言ってくれないか」

「――」

「言えんのか」

「兇器はある所に厳重に保管されています」

「ある所とは何処だ」

「ある所です。それがわからないというのは、警部さんたちが盲点に落ちているからじゃありませんか。たとえばですね、検察庁や警察には事件の証拠品としての兇器がいくらもあるでしょう。事件の盲点というのは大抵そんなところにあります。かりにぼくの場合を考えてみても、ぼくは画家ですからパレット・ナイフを幾つも持っています。兇器としては恰好のものでしょう。まずこの盲点から浮かび上ることですよ。ぼくがあえて兇器の存在場所を言わないのは、警察の名誉のためだと思っていただきたいですね。その兇器には早坂春枝以外の者の血も附いているはずです」

啞然として見守る所警部らを尻目に、嘲弄するような言葉を投げ捨てた香月栗介は、挑戦的な眼差しで一同を見まわすと、逃げるように部屋を去った。

六　ひげのある解決

1

捜査会議は香月栗介の発言をめぐって紛糾したまま、東の空が白みかかる頃になって、ようやく解散した。

佐原検事と捜査一課長が、それぞれ四谷署の乗用車に送られて帰宅したほかは、自宅の近い浅利事務官と酒取警部補を除いて、捜査本部の椅子を並べた上に横たわって毛布を被った。誰もがすぐに寝入った。高低さまざまに聞える鼾《いびき》の音が、連日の深い疲労を示していた。そこには鼾同士が、各人の眠りの中から脱け出して、戯れ合っているような親密さがあった。しかし、この親密な遊びに加わることのできない鼾があったことは、誰も知らなかった。もっとも音程の高い、もっとも音量の大きい、そしてもっともバラエティに富んだ鼾、それは郷原部長の鼾だった。

充血した部長の目は、今もらんらんと開かれていた。香月栗介は何を目的に捜査本部に現れたのか——郷原部長はどうしても寝つかれなかった。香月栗介は犯人を知っていると言った。それならば、彼は犯人ではないのか。冷静にならねばいけない、何よりもまず冷静になることだ。部長は自分の胸に言った。そして、香月栗介が捜査本部にやってきた目的を考えてみよう。その第一としては、栗介自身の言葉のとおり、彼は、善良な社会人として、犯人を指摘するために来たのだ。しかし、それならば何故、途中で犯人の名を明かさずに帰ってしまったのか、その説明がつかない。犯人に対する確信が揺らいだという説明も立つことは立つ。だがそれにしては、彼が兇器の保管場所について謎をかけ、犯人は明日死ぬ、と言った言葉と矛盾する。

そこで次に考えられることは、彼は警察側の情報を探るためにやってきたのではないかということだ。そして、警察側が未だに犯人の目星をつけていないことを知って、捜査一課長の到着を幸いに話を止めて、あとは良い加減なことを言って帰ったのではないか。栗介が犯人とすれば、いかにも彼のやりそうなことである。

第三に、彼は自分の罪を他のある者になすりつけようと謀《はか》って来たが、話の途中で、他人を陥《おとしい》れるための論理構成に、大きな欠陥を発見したのではないかということだ。この見当は妥当である。話を中断した彼の顔には苦悶の表情が現れていた。彼は話を中断せざるを得なかったのだ。話を続けることは、彼自身の罪を告白するに等しい危険を感じさせたのである。

そして第四に、彼は真っ向から警察に対して戦いを挑んできたのである。話を中断したことは、新しい考えが突然彼の頭に浮かんだことを示してはいないだろうか。その新しい考えとは、犯人は明日死ぬ、と言った言葉が何よりも明白に語っている。果して明日の午前中に、（それはすでに今日の午前中ということになるが）磯貝か平野か、または他の何者かが死んだとしたらどういうことになろう。香月栗介は昨夜から今朝にかけてある人物を殺すのだ、この場合、殺された者は当然自殺死体として発見されるように巧みに偽装しておく、そして香月栗介は胸を張って言うであろう、その人物こそ犯人であった、それゆえに彼（または彼女）は自殺したのだと。

部長はムクッと体を起こした。しかし体を起こして何をしたらいいのか。捜査本部から逃げるように去った香月栗介の跡を追った吉田刑事は、彼が逸早《いちはや》く姿を消したことを報告していた。平野の消息は依然として知れないし、磯貝の落ち着いた行動も不審といえば不審に満ちている。部長にとって、今はただ少しでも多くの睡眠をとることが必要なばかりである。しかし、どうして眠ることができよう。明日死ぬ男があるのだ。部長の食いしばった歯がギリギリと鳴った。と、部長の歯ぎしりに調子を合わせるように、人間とも動物ともつかぬ異様な呻き声がかたわらで聞こえた。夢をみた男は額に大粒の汗をかいて喘いでいた。

「おい、どうしたんだ」

部長は吉田刑事を烈《はげ》しく揺り起こした。

部長の手を払いのけて、驚いたように跳び起きた吉田刑事は、しばらく放心したように うつろな眼を開いていたが、

「……香月栗介に首を絞められた」

そう呟くと、倒れるように横になって、ふたたび類人猿のような鼾を立て始めた。

「チェッ、ねぼけてやがる」

部長は舌うちをして仰向けになり、次第に明るくなってきた空を眺めて深い吐息をつくと、眠られぬ眼を閉じることにした。

2

おそい朝食のテーブルに向った郷原部長の耳に、その日初めて入った情報は、部長の不安を決定的なものにした。

「香月栗介は昨夜とうとう帰りませんでした。磯貝は昨夜帰宅した後は外出しなかったそうですが、平野は帰らないそうです。わたしは今、富永刑事と交替したところですが、現在までのところ、香月と平野の行方はわかりません」

菊池刑事が報告した。

「昨夜から今朝にかけて、さんご荘に何処からか電話のあった様子はないか」

部長はむくんだような顔で言った。

「なかったようです」

「安行ラクは部屋にいるんだな」

「おります。朝方買物に出たようですが、二十分くらいで戻ってきました」

「買物籠はさげていたか」

「はい。帰りの買物籠にはネギが覗いてみえました」

「そうか、ご苦労だったな。宿直室へ行って休んでくれ」

箸をとってはみたものの、部長は不安のために、食事が咽喉を通らなかった。そこへ所警部が、はれぼったい眼をこすりながらも、元気よく入ってきた。

「今日は九時半から慶応病院で早坂春枝の死体解剖があるんだが、郷原くん、あんたの都合はどうかな。ほかに原宿署の大迫警部補と、地検から浅利事務官が立会うことになっている」

「しかし、菊池刑事の話では香月と平野とが……」

「うん、その話は聞いた。香月の足どりは中村刑事に洗ってもらう。平野については、吉田刑事がもう出掛けたはずだ。磯貝のほうも鬼頭刑事に任せてある。そのほかにも動いている者は沢山いる。そう焦ることはない。解剖の結果は、あんたから正確に報告してもらいたいのだ。若い連中はまだ慣れないからな」

「承知しました」

郷原部長は頷くと、丼飯に番茶を注いで流しこんだ。

午前九時三十分、早坂春枝の死体解剖は慶応大学法医学教室、小泉荘太郎《こいずみそうたろう》教授執刀のもとに開始された。死体を囲んで、教授のメスを見守る助手たちの間に交って、大迫警部補、郷原部長、浅利事務官の姿が見えた。死は厳粛であるにしても、死体に厳粛さはない。解剖台の上に、死体は一個の冷い物体に異らなかった。教授の指示に応える若い看護婦たちの元気な声が、むしろ解剖室の空気を明るくいきいきしたものにしていた。メスを扱う小泉教授の鮮かな手さばきは、数本の刃物を手玉にとってみせる手品師に似て、一瞬の躊躇《ちゆうちよ》、一分の隙もなく、的確、迅速にはたらいた。ミカンの皮を剝《む》くように、死体の頭皮がくるりと剝き取られたとき、浅利事務官が脳貧血を起こして倒れかかった。看護婦に抱えられて解剖室を出ていく彼の顔は、死体よりも蒼白だった。

脳貧血を起こさないまでも、なまなましい血の匂いに、最前から吐気を催していた郷原部長は、気分を転換させるためにノートをとることに心を集中させた。汗ばんだ額の下に、教授の眼は、仕事に対する熱気と細心さに輝いて、マスクの下の息は早かったが、ノートを開いた部長のために、時折冗談を交えながらゆっくりと説明を加えた。部長のノートは要領を得ていた。

1、創《きず》は左前胸部、左乳頭の右に創口の長さ四・七センチ、心嚢、心臓を貫き左肺に達して終る深さ約十センチの刺創。

2、兇器の種類

創口の長さが四・七センチに達し、創端の一方は幅が〇・四センチあり、深さが約十センチに及ぶので、兇器は片刃の鋭利なもので、峰の部分が厚く約〇・四センチくらいあり、刃渡りは約十センチ、刃幅は約四・七センチ、またはそれ以下と推定される。たとえば、刺身庖丁のごときものがこれに相当する。

3、死因は左前胸部刺創による失血と認められる。

4、死後の経過時間

死後硬直の程度、その他内臓の所見ならびに死因、体格、栄養等を綜合すると、死体は死後解剖着手時までに、二十一時間前後を経過しているものと推定される。

5、死後、暴行された痕跡はない。

午前十一時三十五分、解剖は一応終了した。

「死後の経過時間について、二十一時間前後といわれましたが、そうしますと、犯行時刻は昨日の午前零時三十分前後とみてよろしいわけですか」

消毒液に両手を浸している教授に向かって、郷原部長がきいた。

「そうですね。わたしのほうとしては鑑定の結果を待っていただきたいところですが、まあ多少の時間的ズレはありましょうが、その辺とみて結構に思います。詳細な検査を終えて鑑定書ができるまでには、どうしても一と月くらいかかりますし、警察ではとてもそれまで待っておれんでしょう」

「はあ、わたしどものほうは、すべての結果をできるだけ早く知りたいわけですが、捜査の手がかりとしては、この程度にわかれば一応充分です。それからもう一つ伺いますが、被害者が死後暴行された痕跡はないとおっしゃられましたけど、生前においても全く男を知らなかったのでしょうか」

「それは微妙な問題で、断言するわけにはいきませんが、医学的にみたところでは、彼女は処女でした。事実においても、おそらく彼女には性交の経験が全くなかったといっていいと思います」

小泉教授は自信ありげに答えた。

3

大迫警部補とつれだって、郷原部長が解剖室を出たちょうどそこに、可愛い看護婦の声が部長への電話を取り次いだ。所警部からだった。

「もしもし、郷原です。ただいま解剖が終りました」

「解剖なんかどうでもいい。すぐに署へ戻ってくれ」

所警部の声は興奮しているように上ずっていた。

「どうしたんです、何かあったんですか」

部長は自分の動悸が急に早くなったことに気づいた。

「犯人が服毒自殺をしたんだ」

「えっ、自殺？　誰です、その犯人とは？……ほんとですか、それは」

「あんたに嘘をついて何になる。間違いない。遺書まであるんだ」

部長は驚愕のあまり、しばらく口が利けなかった。

「信じられません。どういうわけで彼が犯人なのか、説明して下さい」

「それができないんだ。わしにも全然わからん。とにかく至急戻ってくれ」

電話は部長の返事を待たずに、先方から切れた。通話の切れた受話器を右手にだらりとさげて、部長は放心したように口をあけて、いつまでも立ち続けていた。たったいま切れたばかりの電話の内容を、疑っているのか、すでに信じているのか、部長は自分にもわからなかった。――彼は自殺したのではない、殺されたのだ、部長の中で一つの声が執拗に叫んでいた。しかし、声は次第に弱まって、絶え絶えに消えていった。犯人はひげのない一人の男、それ以外の何者でもなかったのだ。底知れぬ深い屈辱感の奥に、部長の心は錘《おもり》のように沈んでいた。そして、苦い敗北感に満たされた部長の胸が、犯人への怒りに燃え上がるためには、なお、香月栗介の出現を待たねばならなかった。


すべては香月栗介氏にお聞き下さい。

私がこのような遺書を敢えて認《したた》める理由は、私の自殺に、一点の疑惑といえども残してはならぬと考えたからにほかなりません。もとより私は明確な自殺を遂げるべく準備を終りました。

ただいま三月二十一日、午前六時四十分、私の汚れた命は、間もなく消えるはずです。午前九時に、ある女性が私を訪れる約束になっていますから、やがてその人が私の死体を発見するでしょう。

最後に、昨夜の捜査会議の席で、自ら死を選ぶ機会を与えてくれた香月栗介氏に感謝します。

佐原一郎《いちろう》

佐原検事の遺書は快いまでに、一言の釈明、一行の懺悔の言葉も含まれていなかった。しかし、この遺書を読んだ者は、そこに、罪の深さを知った者の悔恨と、贖罪《しょくざい》としての死を選んだ者の心の痛みとを、読み取ることができるであろう。佐原一郎はあくまでも悪人として死ぬことに、最後の良心の声を聞いたのだ。それゆえにこそ彼は、遺書を書いたのではなかっただろうか。遺書の上には、カプセルに入った青酸カリとともに、歯ブラシに似た漆黒の附けひげが、最後の良心を語るかのように置かれてあった。

4

「いったい、どういうことなのか、さっぱりわからん」

坐りの悪い香月私立探偵社の椅子に腰をおろして、郷原部長は困惑しきった顔を栗介に向けた。

「部長にわからんということはないでしょう」栗介は言った。「もしわからないとしたら、それは部長が、必要以上のことを知りすぎてしまったからかもしれませんね。それとも、余り深く考えすぎたせいでしょう。真実の発見のためには、知っていることよりも知らなかったことのほうが役立つ場合がいくらもあります。知識は往々にして夾雑物《きょうざつぶつ》にすぎません。今度の事件の場合でも、佐原検事について全く白紙だったことが、ぼくの推理に役立っています。少なくとも、先入見にとらわれないでやれましたからね」

「それはそうかもしれん。しかし、そう言われてみても、わたしがさっぱりわからんという状態は、いっこうに変らない。もっと率直に話してくれませんか」部長は明らかに不機嫌を押さえているようだった。「まず第一に、どう考えても不可解な点が一つある。これが解決しないうちはどうにも納得できない。香月さんは知らないはずのことだが、水沢暎子の殺された翌日、つまり三月十六日夜の捜査会議にもぐりこんだ正体不明の男がいるのです。黒縁のメガネをかけ、白いマスクをしていました。佐原検事はその席にいたのだから、そのマスクの男が犯人でないとすると、そいつはいったい今度の事件とどのような関係があり、何の目的で潜入したか、そしてその男は何者かということなのだが、未だにそいつのことがわからない」

「おどろきましたね、郷原部長がそれを知らないいなんて。まさか、冗談を言ってるのではないでしょうね」

香月栗介は眼をまるくして言った。

「冗談なもんか。それでは、あんたは知ってるのですか」

「ぼくはてっきり部長がすべてを承知の上で、マスクの男を会議に加わらせておいたと信じてましたが」

「そんなばかな」

「弱ったことになりましたな、ご存じなかったとは。マスクの男は、どう考えてもぼくに違いないですからねえ」

「えっ」

部長は思わず叫んで跳び上った。驚きのあまり口もきけぬ有様で、とぼけたような栗介の顔をまじまじと見つめた。

「そんな無茶な。あんた、そいつは捜査妨害じゃないか。許すわけにはいかん」

「弱ったな、どうも。ぼくはこう思っていたのです。暎子が殺された晩、部長が初めてぼくの部屋に見えたとき、確かに部長は、捜査情報をぼくに提供するという条件を承諾しましたね。郷原部長が約束を破るようなお人でないことは、むろんのことです。それで翌日の午後、ぼくは四谷署に部長を訪ねて、情報をいただきたいと言いました。ところが部長は、捜査会議のために忙しいから駄目だと言いました。そのときまで、ぼくは捜査会議があることを知らなかったのです。そこでぼくは考えました。部長が捜査会議のあることをわざわざ知らせてくれたのは、うまく変装して会議にもぐりこめば、黙認してやるという謎だな、と解釈しました。警察官としての職責上、表だって私立探偵ごときに情報を洩らすことはできぬというのも無理はありませんからね。そのところを察してうまくやれという、これは部長の肚《はら》だと思ったわけです。そのとき部長は――できたらそうしてやりたい、とも言われました。ぼくは早速、会議の開かれる時間をたずねました。あなたは六時から始まると教えてくれました。これでぼくと郷原部長との間には、暗黙の了解が成立したと信じたのです」

「そんな手前勝手な解釈をされては困る。驚いた。怒ることもできやしない。あきれた。いっぱいくったのだ。まるで詐欺だ」

部長は両手で頭を抱えると、倒れるように椅子に腰を落とした。

「おかげで、ぼくは犯人を発見する手がかりが得られました」

栗介の言葉はどこまでとぼけているのか、あるいはそれが真実なのか、けろりとして話を続けた。

「捜査会議に臨席させてもらったお蔭で、ぼくは捜査線上に三人の容疑者が浮かんでいることを知りました。すなわち、磯貝浜造、平野清司、それにぼくです。そこでこの三人について、まず検討を始めました。それは幾人かの容疑者を個別に検討して、容疑のはれた者を順次にリストから消していくという、最も基本的な、時には最も効果的な方法、いわゆる消去法というやり方です。本来、消去法というのはアリバイを基礎にしてやるものですが、この三人には客観性のあるアリバイがありません。しかし、アリバイなしにやれるものかどうか、とにかくやってみることにしました。

消去法の公式に従えば、三から二を引いた残りの一人が犯人ということになります。まず手近なところから始めるのが能率的にちがいないでしょうから、ぼく自身について検討することにしました。しかし、これは考える余地がありません。ぼくには彼女を殺した憶えがないのです。ぼくが夢遊病者でない限り、彼女を殺さなかったことは確実です。かりにぼくが犯人だとしたら、犯行当日の午後六時頃、さんご荘に電話をかけて安行ラクに暎子の死体を発見させた男、すなわち、しばしば電話で暎子を呼び出して、旅館に彼女を連れこんでいたとみられる男は、犯人ではないことになります。なぜなら、ラクが受話器を置いてから、死体を発見してぼくの部屋に駆込むまでの時間は、ほんの一分とかかってないはずですから、ぼくが近所の電話――さんご荘の近くに公衆電話はありません――を借りてさんご荘を呼び出し、ラクが暎子を呼びに行くために受話器を置く音を聞くと同時に、電話をかけた場所からさんご荘に戻り、ラクが暎子の部屋に入っている隙に自分の部屋に入って、ラクが駆込んでくるのを待つことは、不可能とは言いませんが、しかしきわめて困難であり、かつ危険性が多いのです。運よく誰にも見つかることなくそれをなし得たとしても、電話の声をごまかすことが、どうしてできただろうか。声色を使うべき相手の声を、ぼくは知らないのです。かりに、この点はラクと共謀していたとしても、それならなぜ犯人であるぼくは、このような危険率の高い小細工を弄してまで、その日のうちに死体を発見させ、警察に届けさせる必要があったのだろうか。犯人が電話の男であり、どうしてもその夜のうちに、死体が発見される必要があったということは後で説明しますが、これで、ぼくが犯人ではないことがおわかりと思います。さらにつけ加えれば、新川加代の見たひげのある男が、ぼくか平野であったら、彼女が気づかぬはずはありません。ひげの有無にかかわらず、平常見ている者の姿は、後姿だけでわかるものです。後姿だけはごまかされません。これでまず、三から一を引いて二になったわけです。

次に、同じアパートに住む平野清司はどうでしょうか。アリバイに関する彼の供述は全部崩れました。しかし彼には午後二時頃、新橋の場外馬券売場で見たという証人が四人もいます。それなのに、なぜ彼は府中の競馬場にいたなどと言ったのだろうか。ぼくは、新橋の駅前広場が彼らの麻薬取引の連絡所だったのではないかと考えます。だから彼は、新橋の駅前広場についてだけは、警察に何事も知られたくなかったのです。このような点について、彼らの口がいかに固いかは部長もご存知でしょう。彼は仲間の秘密を売れば、どんな目に会うかを知っています。平野はそれを恐れたのです。群衆の中にいたというアリバイ工作は、誰もが最初に考えやすい方法ですが、それを行う者は、それがどんなに崩れやすいものかを知らないのです。暎子を殺した犯人は、それほど単純な頭ではありません。

しかし、暎子が午後一時に殺されたとすれば、犯人が午後二時に新橋に現れることは可能ですから、アリバイの点はこのくらいにして、先を急ぐことにしましょう。平野が暎子を脅迫して金品をゆすっていたことは、疑う余地がありません。磯貝浜造が偽りの伝言を信じて彼女を訪れた際に『誰がこんな悪戯《いたずら》をしたのか』と言ったところ、暎子は憤慨した様子で『わかっている』と言ったそうじゃありませんか。平野は、彼女の住所を磯貝に知らせるぞといって、彼女を脅していたのでしょう。さぞかし平野は勝手な想像を加えて、磯貝が血まなこになって彼女を探してるぜ、くらいの厭味は言ってますね。平野が実際に磯貝の所在を知っていたかどうかはわからないが、脅すには、そこまで知っている必要はありません。彼女が何を恐れているかを知れば充分です。磯貝にふたたびつきまとわれることを、暎子は自分の結婚のために恐れていたのです。彼女はぼくに転居したいということを洩らしています。平野の恐喝から逃がれるために、彼女はアパートを出たいと考えたのです。これでぼくは平野が犯人ではないと確信しました。恐喝者がその被害者を殺すことはあり得ないからです。卵が欲しいのに、牝鶏《めんどり》の首を絞める奴はいません。それに彼が電話の男でないことは、ぼくと同じ理由によって明白ですし、新川加代の見たひげのある男が彼でないことも同様です。彼には、その夜のうちに死体を発見させねばならぬ理由もありません。三人の容疑者からぼくと平野を除いて、残りは一人になりました。

　最後は磯貝浜造です。事件当日、彼はさんご荘に暎子を訪れて、湯呑茶碗に指紋を残しています。彼を犯人と仮定するなら、ドアのノブの指紋を消した上、手のこんだ自殺偽装までしておきながら、なぜ茶碗の指紋だけを残したのだろうか。こういうことは難しく考えてはいけません。この矛盾は彼が犯人でないことを示しているにすぎないのです。そして、彼が暎子と旅館の逢引を重ねた男でないことは、当時彼が服役中だったことで明白でしょう。したがって、彼は電話の男でもありませんでした。少し気が早いかもしれないけれど、ひとまず、ぼくは磯貝も容疑者のリストから消すことにしました。

ついにぼくは三から三を引いてしまいました。しかし三マイナス三、イコール零、という答は幼稚園の算術であって、犯罪捜査の答ではありません。ゼロという答案はあり得ないのです。つまり、この計算は初めからやり直しです。すでに三という基数があやしいことがわかりました。基数があやしくては消去法も役に立ちません。そこで、第二の方法にとりかかりました。すべての先入観を捨てて、捜査の結果判明した事実を整理し、事件の性質を見極めることです。そうすれば、帰納的に犯人は浮かび上がってくるはずです。……あれ、どうしたんです、部長。眠っちまったんですか」

栗介はがっかりしたような声をあげて、腕組みをしたまま眼を閉じている部長を見た。

「眠れるものか」

部長が大きな眼玉を剝いて顔をあげた。栗介が捜査会議にもぐり込んだマスクの男と知って、カンカンに怒っていたはずの部長は、いつの間にか彼の話に熱心に聞き入っていたのだ。香月栗介の考えたことも、おれの考えたことと大した違いはない。それでいて、二人の考えたことのどこかが少しずつ違っている。そのために、おれは犯人を割り出すことができず、彼にはそれが容易だったのだ。どこからおれは間違いだしたのか。

「さきを続けてくれ」

部長は渋い顔をして、天井を眺めながら言った。

「やあ、聞いていてくれたんですね。実は自慢話めいてきて、いささか自分でも厭気がさしたので、この辺で止《や》めようかと思ったんですよ。ですから話に飽きたら、いつでもストップをかけて下さい。ただ今のところは、お話しするのが義務だと思っていますし、ぼくとしては初めて手がけた殺人事件の解決で、少しばかり興奮してもいるんです。まあ、興奮を冷ますためにだけでも、しばらく話させてもらいます」

香月栗介は上機嫌だった。

「いや、どうぞご遠慮なく。厭だと言われても、こうなったら、あんたがすべてを話し終らぬうちはここを動きませんよ」

依然として大きく眼を剝いてはいるが、その眼の色が語る部長の忿懣《ふんまん》は、やわらいだ様子だった。

「そう言われても弱りますが、とにかく話を進めましょう。――ぼくは次のように考えを辿っていきました。

1、犯行時刻が十五日午後一時前後と推定され、死因がビールに混入された青酸カリ嚥《えん》下《か》による中毒であるということは、つまり犯人は、暎子がビールを飲むことを知っている者で、午後一時前後のアリバイのない者ということになる。しかもそれが消去法の結果、磯貝、平野、ぼくの三人以外だとすれば、捜査対象の圏外にいる人物についても考慮する必要がある。

2、自殺偽装の状況、手がかりになる証拠を何一つ残さなかったことなどの点からみて、犯人は犯罪について相当の知識を有する者と思われる。

犯罪知識を有する者としては、まず捜査官全員を挙げることができる。そして容疑者たる磯貝、平野、ぼくの三人もこの中に含まれねばならない。

3、水沢暎子には内縁もしくはそれに近い関係の男があった。彼女がひげのある特定の男と、しばしば千駄ヶ谷界隈の旅館において逢引を重ねたことは、原宿署の捜査で明らかにされている。そのひげのある男とは、安行ラクの言によれば、犯行当日午後六時頃さんご荘へ暎子宛の電話をかけた男であることが知れる。電話の目的が死体を発見させるためであることは、その後、その男が消息を絶ったことによって明白だろう。午後六時という時刻は、すでに犯人にとって、死体発見の場合に対処する準備が整ったことを意味する。と同時に、その時刻に死体を発見されることが、犯人にとって最も好都合なことを示している。なぜなら、殺人者にとって、死体の発見は遅ければ遅いほどいいのが通例だからだ。それなのに暎子の場合は、どうしても特定の時刻に死体が発見されねばならなかった。

午後六時に死体が発見されることを必要とする者は誰か。ここで、彼女の死に何らかの係りをもつすべての者について、ふたたび消去法を試みることは無駄ではない。まずアパートの居住者すべてについて検討したが、その理由は発見できなかった。磯貝浜造についても同様である。そして最後に残ったのが、警視庁捜査一課と鑑識課の宿直員、酒取警部補、郷原部長以下四谷警察署の宿直員、この中に交番勤務の遠藤巡査も含まれている。それから佐原検事以下検察庁の宿直員、および監察医務院の宿直員である。何故ならば、これらの者は死体発見と同時に、直接死体との関係を持って、事件を自殺として片づけさせる力を少なからず有するからだ。そのためには、どうしても宿直時間以後、宿直明けまでの間に、死体を発見させねばならない。ところで、彼らのうち暎子に面識のあることが知れている者は——佐原検事だ。磯貝浜造の収賄《しゅうわい》事件の際に、主任検事の彼が暎子を参考人として取調べていることは、ダイアナのマダム、相川鮎子が供述している。佐原検事はメガネをかけているが、しかし、ひげを生やしてはいない。

4、相川鮎子の言によれば、暎子が結婚するかもしれぬと言った相手は、鮎子も知っている男らしい。暎子と同様に、鮎子も磯貝の収賄事件に関して佐原検事の取調べをうけている。まだ容疑を免れない全員のうち、鮎子に面識のある者で、暎子をも知っていた者は磯貝、平野、佐原一郎の三人に限られる。

5、磯貝浜造から聞いたところによると、犯行の前日正午頃、磯貝の不在をあらかじめ電話で確かめた上で、暎子からの偽りの伝言を磯貝に伝えるために、彼の会社に現れたマスクの男がいる。翌十五日午前十一時頃、伝言を信じて訪れた磯貝に対して、暎子はそのような伝言を依頼した憶えがないと言った。このことは睡眠剤の空箱を用意してきたことと共に、計画犯罪説を強く裏づけるものだ。そして、このことから考えられることは、犯人は暎子と鮎子を知っていると同時に、暎子と磯貝との一方的恋愛関係についても知っている者にちがいないということだ。それを知っていた者は、磯貝浜造自身および平野清司と佐原一郎の三人である。

6、暎子とともに旅館に泊ったひげのある男は、宿帳への記入を偽名で暎子に書かせている。なぜ彼は偽名を用い、彼女に代筆させたか。考えるまでもなく、本名を知られたくなかったからだろう。旅館に妻以外の女と泊まる場合に、偽名を使うことは誰しもがやりかねないことだが、筆蹟までかくすとは、よくよく自分が誰であるかを知られたくなかったにちがいない。磯貝、平野、ぼくの三人に、それほどの理由があっただろうか。旅館の宿泊人名簿というものは、逃亡中の犯人を捜査する手段として、警察にとっては利用度の高いものだ。犯罪知識を有する犯人は当然そのくらいのことは知っていたろう。少なくとも、そのひげのある男は警察に名前を知られている者で、あるいは字体まで知られているかもしれぬと考える位置にいる者だ。とすれば、男のひげは変装のための附けひげであるという疑いが出てくる。

1 2 3 4 5までの条件を満たして、さらに6の要件を満足させる者は誰か。

7、旅館の利用状況を大迫警部補の報告によってみると、

(A)昨年九月十日から十二月二十九日まではもっぱら睦月荘を利用し、その利用回数二十二回、二人の男女は五日に一度の割合で旅館を利用している。会えば必ず旅館へ行ったとは限らないだろうから、その分の逢引をも考え合わせると、二人は相当頻繁に会っていたといえるだろう。十二月二十九日以降は全く睦月荘を遠ざけている。

(B)今年に入ってからは正月十一日きさらぎ荘に一泊、以後一週間乃至《ないし》二週間の間隔をおいて、その都度異った旅館を利用している。二人が最後に旅館で会ったのは三月八日、みよし旅館である。

——今年に入ってから、なぜ睦月荘を利用しなくなり、同じ旅館を避けて、その都度転々と旅館を変えだしたのか。しかも二人の逢引は目に見えて間遠になっている。これは昨年十二月二十九日から、初めて旅館を変え始めた正月十一日までの間に、相手の男か暎子かの身の上に、何かが起こったものに違いない。それは何か。そこにこそ暎子殺害の動機がひそんでいるのではないか。

8、暎子が麻布今井町から四谷のさんご荘に転入したのは、今年の正月十五日である。この地理的関係を警察の管轄表によっていえば、彼女は第一方面から第四方面へ転居したことになる。東京都は警視庁管下八方面に大別され、それぞれ方面本部が置かれており、地方検察庁の検事も特殊事件の係を除いては、その各方面別に対応して配置されている。

暎子がさんご荘に転居した日附は、ひげのある男と彼女とが旅館を変え始めた日附に暗合する。この暗合は偶然だろうか。（あとでわかったことだが、佐原検事が第四方面の担当であることは想像したとおりだった。）

9、タバコ屋のおかみと時子ちゃんが見たひげのある男は、間もなく磯貝浜造であると判明したが、犯行時刻とみられる午後一時頃、新川加代が見たひげのある男について、足が悪いらしく杖をついて歩く老人のようだった、と加代は述べている。

マスクの男に頼まれて、磯貝への伝言を取り次いだ会社の給仕は、磯貝の供述を裏書しており、そのマスクの男は何か落とし物を探すような恰好で、一段ごとに立ちどまりながら階段を下りて行ったと語っている。

ひげのある男とマスクの男について、加代と給仕の供述は何を意味しているだろうか。暎子と旅館に現れたひげのある男は常にメガネをかけていたのだ。その男が強度の近視か乱視だとしたら、メガネなしでは危くて普通には歩けまい。それにもかかわらず、彼は変装の手段として、ひげをつけると共にメガネははずさざるを得なかった。それでやむを得ず、あのような歩き方になったのではないか。そうすれば変装の目的にもかなうし、犯人としてはメガネなしで安全に歩く最上の方法だったのだ。暎子に関係するすべての人物の中で、度の強いメガネをかけているただ一人の者は誰か。

——どうでしょうか。以上の事実はすべて、犯人が佐原検事であることを指摘しています。しかし依然として、物的証拠はありません。ぼくに検事のアリバイを追及する手段はありませんでした。ぼくは捜査官を説得できるだけの証拠をつかむために、困難な裏づけを発見しなければならなかったのです。

まず十二月二十九日と正月十一日までの間に、犯人と暎子との間に何事が起こったかを知らねばなりません。このとき手がかりになったのは、近いうちに佐原検事が樫井弁護士の令嬢、樫井洋子《ようこ》と結婚するという話でした。ぼくの最も苦心したことといえば、この樫井洋子の親友を探し出すことです。S女学院の同窓会員名簿をたよりに、ぼくはようやく三人の親友らしい女性を見つけました。いずれも結婚適齢期の女性ですから、生花くらいは習っているでしょう。そこで、安行流家元を名乗る安行ラクに頼んで、彼女たちに接触する機会を作ってもらいました。このときのラクの活躍は素晴しいものでした。ラクはあちこち奔走した結果、彼女の友人が、三人の令嬢のうちの一人の生花の先生であることをつかんだのです。それからは簡単でした。その先生の紹介でラクが令嬢に会い、そしてその令嬢をぼくに紹介してくれたのです。銀座で、ぼくが部長と擦れちがったときにつれていた女性が、その令嬢です。ぼくは彼女の話から、佐原一郎と樫井洋子とが正月の三日に見合いをして、間もなく縁談が成立したことを知りました。ここまで言えば、もうおわかりでしょう。佐原一郎は暎子が邪魔になったのです。

貧しい家庭に生れ、人の子の苦労をなめつくしてきた佐原一郎にとって、立身して世間を見返してやることは、彼の心に長い年月を経てはぐくまれた歪《ゆが》んだ夢だったのでしょう。冷い世間に対する報復という観念が、彼を権力の座へ導いていったのかもしれない。彼の努力は正当に報いられました。優秀な成績で司法試験に合格し、自分一個の力で、エリート階級への重い扉を開くことに成功したのです。彼は有能な検事として、多くの先輩たちから将来を嘱望されました。そこに、磯貝浜造に対する汚職事件の参考人として登場したのが水沢暎子でした。彼と彼女とがどのような経路をたどって、男女の仲を深めていったかは知る由がありません。勉学と仕事だけを相手に、夢中になって過ごしてきた彼の青春にとって、おそらく暎子は、初めて眼に映った一枚の花びらだったのでしょう。とにかく二人は、旅館を利用してまで忍び逢う仲になりました。もちろん、暎子は彼と結婚するつもりだったでしょうし、その約束もできていたに違いない。しかし、佐原一郎のほうはどうだったでしょうか。女に熱中するためには、彼の野心は大きすぎます。初めからそのつもりだったとは言いませんが、やがて彼の心は時機をみて別れる方向に傾いていったのではないでしょうか。冷めた情熱は氷よりも冷いものです。樫井洋子との縁談が舞いこんできたとき、彼の考えたことは唯一つ、いかにして暎子と手際よく別れるかという一事でした。法曹界の重鎮であり、政界の黒幕としても著名な元検事長、樫井弁護士の女婿に迎えられることは、輝かしい将来を約束されるようなものです。彼は謙虚を装い、迂遠な方法をとりながらも、ほとんど即座にその縁談を承諾しています。樫井家の一人娘として、両親の愛情と豊かな経済生活とに恵まれて育った洋子の、明るく繊細な美しさは、それだけでも彼の心を動かすに充分ではなかったろうか。この幸運を見捨ててまで、ナイトクラブの女給であった孤児《みなしご》の暎子と結婚しなければならぬ理由が、彼の歪んだ心の中にあったろうか。彼には躊躇する理由さえなかったのではないか。しかし、彼の思惑に反して、暎子は理性のかった、それでいて感情の激しい女だった。そして彼にとって最も悪いことには、彼女は披を真剣に愛していたのです。彼女の愛は、愛する男の出世のために自分は身を退いて諦めるといったような、新派悲劇におあつらえの代物ではありません。佐原一郎は暎子を殺すよりほかに別れる術《すべ》がないと考えた。そのときから、彼は転々と旅館を変え始めたにちがいない。彼は意志の強い男です。しかしその強さこそ、あまりにも人間的な弱さにほかならなかったのです。

暎子を殺した犯人は佐原検事であるというぼくの確信は、いよいよ動かせなくなりました。そして最後の切札として、睦月荘の女中、早坂春枝をひそかに佐原検事に会わせようとしたのです。彼女はぼくにとってもいちばん重要な証人だったのです。しかし、ぼくが睦月荘を訪ねたときは、すでに春枝は殺されたあとでした。もちろん、ぼくはその日に彼女がモンタージュ写真作成の参考人として、四谷署に呼ばれていることを知りません。ぼくがそれを知ったのは、八幡神社の犯行現場で、大迫警部補に報告している立木刑事の話を立ち聞きしたときです。もし、ぼくにそれがわかっていたら、春枝は死ななくても済んだのではないかと残念でなりません。彼女が警察に出頭するために外出することを知っていた者は、本人を除いては睦月荘のおかみと捜査関係者だけです。犯人が佐原一郎であることは、もはや一点の疑惑もありません」

淡々と語る香月栗介の話に、じっと耳を傾けている郷原部長の脳裡《のうり》には、佐原一郎の犯行計画とその実行過程が、スクリーンの鮮明な映像を見るように展開していた。——樫井洋子との縁談は栄光への道標として、佐原検事の前に眩《まばゆ》いほど輝いていた。歪んだ夢を追う彼の心は、このあまりにも明るい光に目がくらんだのだ。このとき、女はあまりにひたむきな愛のために殺され、男は権力への野心のために自分を殺人者にするという、運命の罠が仕組まれたのだ。犯行は一月三日、すなわち縁談のあった日から一月十一日、初めて旅館を変えて二人が会った日までの間に計画された。それ以前から偽名を用い、変装の附けひげまでして旅館の逢引をしていたことは、彼の犯行にとって幸運だった。一月十五日、暎子を自分の担当する第四方面の四谷署管内に転居させた。あとは宿直の日を待つことだ。彼は土曜日に宿直が当る日を待つことにした。土曜日なら午前中に仕事を処理して、宿直交替までの時間を犯行の時間としてゆっくり利用できる。それに土曜の午後なら、彼の来訪も暎子はさほどに怪しまぬであろう。三月十五日、土曜日、彼に宿直の順番が回ってくることがわかった。暎子から妊娠を知らされた彼は、ますます殺意を固めて三月十五日を待った。自殺偽装が失敗した場合に備えて、犯行当日に磯貝浜造をさんご荘へ誘い出すために、犯人はその前日、磯貝の不在を狙って会社に現れ、彼への伝言を給仕に依頼した。おそらく佐原一郎は、三月十五日正午過ぎ頃さんご荘に訪れる旨を、あらかじめ暎子に約束しておいたにちがいない。それゆえに、伝言を信じて午前十一時頃暎子を訪れた磯貝は、遅くも正午までには暎子の部屋を去るように仕向けられるだろう、と犯人は計算できた。暎子が、愛人の佐原が訪ねてくる前に磯貝を去らせるだろうことは案ずるまでもないからだ。

いよいよ犯行当日、仕事を片附けた佐原検事は、昼食もそこそこにさんご荘へ向かう。検察庁から四谷までは地下鉄で十分とかからない。途中でビールを買うとコートの下に隠した。ベレエをかぶり、ひげをつける。メガネもはずさなくてはいけない。彼は誰にも見られることもなく、裏口からさんご荘に入り、六号室のドアをそっと叩いた。暎子が喜んで招じ入れたことは想像に難くない。暎子はビールが好きだったし、その日は季節はずれの南風が、上衣を脱がせるほどの暖かさだった。男の愛情を信じている彼女に、乾盃をすすめる理由はいくらでもあったろう。彼は隙をみて暎子のグラスに青酸カリの粉末を落とした。それはビールの泡にまぎれて、怪しまれることはなかった。そのとき二人は「乾盃」と言って、互いのグラスをカチンと合わせただろうか。彼は一息にビールを飲み干してみせた。つづいて彼女もグラスを大きく傾けた。と次の瞬間、彼女は男の前にのめるように倒れ、死者の国へ向かって、まっさかさまに落ちていった。彼は女の死を確かめると、手袋をはめて予定の行動に移った。まず死体を座蒲団ごと引きずって、仏壇の前に移動させる。客と対座中に死んだとみられる状況を消して、自殺とみせるためだ。それからビール瓶とコップの指紋をきれいに拭き取り、あらためて冷くなった死体の手をとって、ビール瓶とコップを握らせた。このとき、ビール瓶に完全すぎる女の手型を残させたことは、第一の失策だった。とにかく、急がなくてはいけない。用意してきた睡眠剤の空箱を鏡台の引出しに入れることも忘れてはならぬ。自分の使用したコップは洗って戸棚にしまった。このとき台所に、二個の湯呑茶碗と吸殻のある灰皿を見た彼は、磯貝の来訪を知って快心の微笑を浮かべたかもしれぬ。あとは覚悟の自殺らしく、室内を整頓しておけばいい。その際、暎子の日記や手帳、住所録などがあれば、それは彼のポケットに入れられただろう。犯人は室内を見まわして、ほっと溜息をつく。消し忘れた指紋はないか。死体の状況は、自殺として自然に見えるだろうか。大丈夫、すべては計画通りにいった、心配することはない。検事としての経験が、彼の中でこう答える。ふたたびメガネをはずし、そっとドアのノブをまわす。手袋のために、ノブについている暎子の指紋が消えてしまうのはやむを得ない。警察は自殺と判断したならば、そこまで調べることもなかろう。彼は静かに廊下へ出てドアを閉めると、注意深い足どりで裏口へ向かった。このとき、彼は新川加代に見られたのだ。彼のほうでは気づかなかったかもしれぬ。

やがて彼は悠々と検察庁へ戻った。——午後六時、まだ暎子の死体は発見されないらしい。発見されれば、警察から変死報告があるはずなのだ。宿直検事として自分が泊まっている今夜中に、死体が発見されねばならない。彼はひょいと宿直室を脱け出すと、近くにある公衆電話ボックスに入った。さんご荘のダイヤルを回す。受話器を通してラクの声が聞こえる。「水沢さんをお願いします……」暎子を呼ぶために、ラクが受話器を置く音。——なかなか戻ってこない。死体を発見したのだ。彼はそのまま受話器をかけて宿直室に戻る。宿直室を出てから、ものの五分とはかからなかった。あとは四谷署からの電話を待つばかりだ。多分、自殺らしいと報告してくるだろう。かりに他殺と断定されるようになっても、佐原検事は当夜の宿直検事だし、しかも第四方面の担当なのだ。十中八、九までは、彼が主任検事として捜査指揮をするようになる。そうなれば捜査会議に出席して、捜査の状況はことごとく手中に入るし、場合によっては、捜査を誤った方向へリードしてゆくこともできるのだ。現に彼は、会議においてもさかんに発言したし、平野を逮捕したときなどは、強引に彼を釈放させている。平野を留置しておくことは、春枝殺しの場合の容疑者を一人減らすことになるのだ。いずれにしても、手がかりもなしに誰が佐原検事を怪しむだろう。彼にはアリバイ工作をする必要さえなかったのだ。しかし、捜査会議の席ではさすがにボロを出さなかった佐原一郎も、その席にマスクの男が潜入して失踪し、さらに春枝を殺した当日、彼女を訪ねて、ひげのある男が現れたことを知ったときの驚きと不安は、どんなだったろうか。そして昨夜、捜査本部に香月栗介が現れて発言したとき、佐原一郎は、香月こそマスクの男であり、ひげのある男であり、犯人が誰であるかを知っている者であることに気づいたのではなかったろうか――。

「大体のお話はわかりました」部長は言った。「しかしそれにしてもですね、あんたが犯人を知ったとき、なぜ、われわれにそれを知らせてくれなかったのです。自殺させなくてもよかったじゃありませんか」

「その点はお詫びします」香月栗介は神妙な顔つきで言った。「もちろん、ぼくが犯人をつきとめたからといって、ぼくに犯人を自殺させる権利があるなどと考えたことはありません。それなら、なぜ彼を自殺するに任せたのか。それは、自分でもこの言葉にはうんざりするのですが、人間の弱さに対する感傷とでもいうほかに、正直な呼びようがないのです。多くの罪人たちが決して特異な人間ではないように、検事だからといって特異な人間ではありません。人間としての弱さを免れる理由はないのです。だからぼくは、事件を手がけるに当って、すべての人間を、人間として平等の椅子に坐らせることから始めたわけですが、ぼくがこの年齢《とし》になってわずかに知りえたことがあるとすれば、それは人間は弱いものだということでしょう。

昨夜、ぼくが捜査本部に出頭したのは、犯人に自白を求めるためでした。そのために、犯人自身の出席する捜査会議が開かれるのを待っていたのです。容疑者の一人であるぼくが、現職の検事を犯人として指摘し、捜査官たちに納得してもらうためには、犯人の自白を得る以外にどんな方法があったろうか。ぼくの推理が、まさしく唯一人の犯人を指さしていたならば、すべてを語りおえて犯人の名前を挙げるまでもなく、犯人はかならず捜査官全員の目前で自白する、いや、自白せざるをえまい、と考えたのです。ぼくは決してスタンドプレイを狙ったわけではありません。

果して佐原検事は、ぼくが二た言と話さないうちに、ぼくの意図を見抜いたようでした。ぼくは、彼の顔がみるみる青ざめていき、やがてその眼の中に、すでに罪を告白し罰を受け入れる覚悟を決めた者の、悲痛な表情を認めました。しかし、それは錯覚だったのです。佐原検事の眼がキラッと光りました。そのとき初めて、彼に自白を期待したことが全く間違っていることに気づいたのです。彼は自尊心の強い男でした。咄嗟にぼくは、彼は舌を嚙むか、あるいは用意した青酸カリを今にも飲むのではないかと感じました。思わずぼくは口ごもり、次の瞬間には、心にもなく口を噤んでいました。ぼくの心の動きを読みとったのでしょうか、ぼくを見る佐原検事の瞳に小さな望みが灯りました。もし、ぼくの判断が思い上りでないならば、そのとき彼の眼は、自決の機会を与えてくれるようにと訴えていました。所警部をはじめ、刑事たちの鋭い視線がいっせいにぼくに集中しています。ぼくはそれと悟られぬように大急ぎで考え、結論を出さねばならなかった。判決の宣言を待つ被告人のように、ぼくの前に首を垂れているのは、立身出世のためには何ものをも犠牲にして省みない冷酷な殺人者です。ぼくは激しい怒りをもって、この男を憎みました。同情する理由はありません。しかしこのとき、ぼくを襲っていた感情をなんと名づけていいのか、いまだにそれをはっきりとは言えないのです。ある人は安っぽい感傷にすぎないと言うでしょう。あえてそれを否定はしません。ぼくはただ、栄光への道をまっしぐらに走ってきた者のはかない最後を、彼自身の眼ではっきりと見つめ、罪の深さを充分に意識した上で、彼のはるばると辿ってきた道の終着点としての死を、懲罰としてではなく、贖罪としての死を、彼自身に選ばせたいと思ったのです。気障《きざ》に聞えるかもしれませんが、それが彼の弱さに対する、ぼくの小さな愛、あるいはひとりよがりな愛でした。彼のような身分の者が、もはや逃げきれるものでないことは、彼にもわかっているはずです。その点は心配しませんでした。それで明日午前中までという時間を限って、自首するか、または自ら死を選ぶように機会を与えたのです。ぼくの暗黙の提案に対して、彼の眼は誓約を示しました。彼に対する同情から、死刑の代わりに自殺を選ばせたのでは決してありません。

ぼくはほかにどうしようもなくてそうしたのです。これはぼくの弱さでしょう。ぼくは責められる覚悟をしています」

香月栗介はようやく言葉を切った。部長は腕組みをしたまま、すっかり考えこんでしまっている様子だったが、やがて、さりげなく話題を変えて言った。

「昨夜はアパートに帰らなかったようですが？」

「それはこういうわけです」栗介は同じ調子で続けた。「まさかとは思っても、人の心ほどわからぬものはありません。犯人は明日死ぬだろうと、ぼくは言いましたが、それは危険な予告でした。その予告を犯人が利用して、昨夜から今日の午前中までにぼくを殺し、自殺を偽装することに成功したならば、彼は犯人であることから完全に免れるのです。そのときは当然ぼくが犯人だったということになるでしょう。自殺の理由はなんとでもつきます。万が一としても、ぼくだって殺されたくはないし、すでに犯された罪を追及するよりも、犯罪を未然に防ぐほうが大切なことは言うまでもないでしょう。ぼくは、彼にぼくを殺す機会を与えないために姿を消したのです。と同時に、犯人に自首するか自決するかの選択を求め、その機会を与えたぼくは、犯人の行動についての責任を果さねばなりません。そこで、碁会所の友人から金を借りて、ドライブクラブの小型乗用車を借りました。そして四谷署から出てくる佐原検事を張り込んだのです。

会議が終って、検事が車で送られて帰宅したときは、もう明け方でした。ぼくが追跡したことはいうまでもありません。佐原一郎が寝室に入ってから、午前九時数分前に樫井洋子が訪問するまで、ぼくは張込みを続けました。佐原一郎と婚約者の樫井洋子は、春分の日の今日、ランデヴーの約束でもしてあったのでしょうか。とにかく、彼の第三の犯行を防ぐとともに、彼の最後を見届けることはぼくの責任でした。ぼくはどうやら自分に課した責を果したようです。彼はぼくを殺す考えは全くなかったと思います。観念したんですね。それでもぼくは最後まで、彼が自首する気持になってくれることを願っていました。ここで、往生際のよかった犯人のためにちょっと弁明すれば、彼が磯貝をさんご荘に誘いだしたのは、捜査を混乱させるためであって、磯貝を罪に落とすつもりではなかったということです。自殺偽装が失敗した場合は、事件を迷宮入りに持っていく計画だったと思います。彼の潔い最後のために、これだけは信じてやろうじゃありませんか」

「うむ」

部長は深い吐息とともに頷いた。

「佐原一郎の犯行計画の中で、一つだけ予期しなかった出来事は、平野清司の出現とその逮捕ですね」栗介はつづけた。「平野がどのような秘密をタネに暎子を脅迫していたか、それが彼にはわからないのです。まさか、自分とのことが知れたのではあるまいと思っても、やはり心配だったでしょう。そこに、平野が逮捕されてしまったのです。警察は逮捕した者を調べて、四十八時間以内に、検察庁へ送致しなければなりません。平野は麻薬違反の被疑者であっても、暎子殺しの被疑者としての存在のほうが大きいわけですから、地検送りになれば当然佐原検事が取り調べることになります。佐原検事は平野に会うのが恐ろしかったにちがいありません。それで検察庁へ送ってこられる前に、彼を釈放させたのです」

「なるほど」部長はようやく納得したようであった。「ところで、昨夜あんたが言われたことだが、春枝を刺した兇器は本当にどこかに保管されてあるんですか」

「あります。いや、今となってはありましたと答えるほうが正しいでしょう。実はあのときはまだ推測にすぎなかったのです。ぼくは佐原一郎の最後を見届けたあとで、兇器の存在を確かめるために検察庁へ行きました。地検といえば、ご存じのように検察の第一線として、日曜でも祭日でもあわただしい活気に溢れている役所ですが、そのとき事件課のドアを押したぼくの目に映ったものは、異常な静けさの中で私語を交し合っている職員たちの、興奮した顔色でした。すでに佐原検事自殺の報告が入っていたのです。その日の当直部長は刑事部長の富沢《とみざわ》検事でした。佐原検事の遺書にぼくの名前があったからでしょう、名刺を通じると、富沢検事は快く会ってくれました。遺書のおかげで、ぼくは率直に話ができましたし、部長検事も要領よく話をのみこんでくれました。ぼくの話を聞き終った富沢検事は、すぐに証拠品課の係員を呼んで調査を命じました。早坂春枝の殺された前日、佐原検事は刺身庖丁を証拠品倉庫から借り出していることがわかりました。それは、佐原検事が担当しているある傷害事件の証拠品でした。そしてその庖丁は翌二十日、すなわち春枝の殺された日の夕方になって、ふたたび倉庫に返還されていました。と同時に、その傷害事件は犯情が軽いことを理由に不起訴処分の裁定をくだして、証拠品は廃棄するように指示していたのです。庖丁は警視庁の科学検査所へ送られましたが、傷害事件の血痕のほかに、早坂春枝の血液型が検出されるだろうことは疑いないと思います。

あらかじめ打合わせがしてあったはずですから、佐原一郎は春枝が四谷署に出頭する時間を知っています。午後一時半までに四谷署に着くには、何時頃睦月荘を出たらいいか、計算するほどのこともありません。彼は昼食後科学捜査研究所へ出張するからと係の事務官に言い残し、早目に犯行現場へ向いました。以前には幾度も暎子をつれて行ったところですから、地理には明るいわけです。睦月荘から千駄ヶ谷駅へ行くには八幡神社を抜けるのが近道だということも知っています。彼は境内の杉林に身をひそめて春枝を待ちました。あとは警察のかたがたが考えられたとおりです。棍棒で気絶させてから、借り出してきた証拠品の刺身庖丁で一突きです。通りがかりの者の強盗殺人と見せかけるために財布を抜き取る。――この財布は通りすがった浮浪者の前で故意に落としています。このあたりの偽装は極めて単純ですが、その単純さがかえって捜査を混乱させる役に立っています。それから午後の二時までに科学捜査研究所へ行くには、時間が余りすぎるくらいだったでしょう。研究所で捜査一課の鈴木警部と待ち合わせた佐原検事の懐中には、春枝を刺してきたばかりの刺身庖丁が、新聞紙にでも包まれて忍んでいたにちがいありません。モンタージュ写真の作成は、春枝の死によって、彼の期待どおり中止されました。彼は検察庁に戻り、兇器は倉庫へ返せばいいのです。そして、傷害事件を不起訴にしてしまえば、やがて刺身庖丁は廃棄されます。狡智《こうち》に長《た》けた犯罪ですね。兇器は検察庁の倉庫に厳重に保管されていたのです。それは犯人にとって最も安全な匿《かく》し場所でした。ぼくが犯人を自殺に追いやったことの当否は第三者の批判にゆだねます。ぼくは富沢検事に叱られましたよ、どうして警察を信頼して事前にすべてを話さなかったのか、とね。しかし部長検事はこうも言いました。果して警察を信頼しなかった者が悪いのか、信頼されなかった警察が悪いのか」

「うむ」

郷原部長は咽喉の奥で呻いた。何か言いかかったが、言葉にはならなかった。

「正直に言って、ぼくが変装して捜査会議にもぐりこんだときは、先ほど申しあげたように部長との間に暗黙の了解があったと考えたからですが、さらに正直に言えば、会議の途中で、暗黙の了解とは全く一人合点で、部長にはその気がなかったどころか、ぼくを最も怪しい犯人として疑っていることがわかったのです。だからその後のぼくは、部長を説得するに足るだけの証拠を集めた上で、すべてをお話ししたいと努力していたわけなのです。しかし、それも遅すぎました。早坂春枝は殺されてしまった。彼女が殺されたのはぼくの責任です」

「いや、そんなことはない」部長が気をとり直したように力のある声で言った。「あなたが例の捜査会議に出席しなかったなら、事件は迷宮入りになるところだった。われわれは誰一人として、ほんの露ほども佐原検事を疑おうとしなかったし、そう考えれば、所詮春枝の死は防ぎ得なかったでしょう。あくまでも責任は警察にあります。われわれの力が至らなかったのです。わたしは今度の事件を謙虚に反省したいと思っています」

「つらいですなあ」栗介が言った。「部長にそうおとなしく言われると、まことにつらい」

「いや、つらいのはわたしです。こんなにつらいことはない」

部長はいかにもつらそうに言った。

「弱りましたね、こう二人ともつらくては。話を変えてみませんか、実は素晴しいお知らせがあるんです。さっきから誰かに聞いてもらいたくてうずうずしているんですが、聞いてくれますか」

「そんなにいいお話なら、喜んで聞かせていただきますよ」

「実はですね、安行ラクがぼくの溜めた六ヵ月分の部屋代を、棒引きにしてくれたのです。暎子さんに対する香奠《こうでん》の追加だと言ってね。そのうえ、ぼくが捜査費用を捻出するために、質屋に入れた冬物の洋服やオーバーを全部請け出してくれたんですよ。どうです、素晴しいじゃありませんか。これで今度の事件も、ぼくとしては仕事になったと言えます」

気ぬけのした顔で見まもる郷原部長の肩を叩いて、香月栗介はうれしそうに笑った。

早川書房版　序

福永武彦

若い人が何かしゃれたアルバイトのくちはありませんかね、と訊くたびに、抜け道は二つある、ためしてみたまえ、とけしかけるのがこの数年来の僕の口癖になっていた。その一つはカメラマンである。カメラ一台ひねり回せば、才能さえあれば頭角を現すことは易々《やすやす》たるものだ。現に若手の優秀なカメラマンはみんな二十代そこそこじゃないか。その二つは探偵小説である。これまたちょっと変った作品を見せれば、探偵文壇は人なきを託《かこ》っているのだから引っ張りだこになることは請け合いだ。と、こうけしかけているうちに、いつしかカメラは地に溢れ、探偵小説またブームとなって、近頃ではとてもアルバイトのうまいくちとは申せなくなった。僕も近頃は第三の抜け道として、テレビドラマでも書きたまえ、と忠告することに変えた。

それはさておき、せっかくの僕の忠告もいっこうに実を結ばず、そんなら先生ためしに自分でやって御覧なさい、とひやかす奴もいれば、「才能があれば」という前提が気に入らないと怒る奴もあって、弟子運の悪いのを嘆いていたら、ここに奇特にも、勤めから一目散に家に帰ったあと、机に向って原稿用紙をひろげるという快男児が現れた。この人物は学生ではない、れっきとした役人であるが、すこぶる趣味の広い風変りな男で、一度僕に一身上の相談というのを持ち掛けた。今の勤めをやめて、大道の占い師になろうと思うのだが、筮竹《ぜいちく》の勉強に何ヶ月かかるだろうか、というのである。いや思い出すと、その他にもバーテンになろうとか、お花の師匠になろうとか、時々思いあまった顔で現れる。いずれの場合でも、せっかちなことばかり言うから、そこで僕がアルバイトの抜け道には二つある、といつもの口癖を始めたわけだ。

　その快男児が、「EQMM」の第一回短篇小説コンテストの最終予選に残ったと聞いた時には、あいた口もふさがらず、かつ大変に困惑した。というのはまさに僕もこのコンテストの三人の選者の一人で、えこ贔屓《ひいき》があってはならないからである。そこでいざとなれば棄権するつもりで決定会議の席に現れたところ、佐藤春夫《さとうはるお》、大井廣介《おおいひろすけ》の両選者が、僕が口を開くより前に彼の作品を買ってくれたから、どうやら僕もおかしな破目にならずに済んだ。これが「寒中水泳」という作品だが、まあまあというところ、大して評判にもならなかったのは、期待が過ぎたからだろう。正直に言って、「別冊クイーンマガジン」の創刊号に載った「天上縊死」の方が、ぐんと格が上である。

ところでこの男、結城昌治君というのは、相当古くからの僕の友人である。初めのうちは、僕は彼を石田波郷《いしだはきょう》の愛弟子である俳人として識っていた。つまり彼は散平《さんぺい》と号して、その頃（というのは二人とも清瀬《きよせ》の東京療養所にいた頃のことだが）ひとかどの句をものしていた。それから（例によって）気が変って、詩を書いては僕に見せ始めた。多分今でもこっそり詩を書いているだろう。その結城昌治君が、短篇にはあきたらず、ここに書き下しの長篇探偵小説を出版する運びになったのだから、僕のけしかけもだいぶ成功したと鼻が高い。

僕はこの「ひげのある男たち」を原稿で読まされたが、なかなかしゃれた、上品な、ユーモラスな代物だ。本格物だし、僕はとうとう最後まで犯人の名前が分らず、見事してやられた。我が国の探偵小説はどうも泥くさいのが多いし、また生活に密着した物の方が点が甘いということがあるが、僕に言わせれば、探偵小説は結局遊びである。とすればこの作品なんか如何《いか》にも愉しく書かれていて、好い意味のアルバイト的な遊びに徹している。その上で、文学性も無いわけではない。彼が嘗《かつ》て俳句をつくり詩を書いたということも、この作品の軽妙な仕上げに一役買っているのではないかと思う。僕のような点のからい探偵小説好きが、一息に面白く読了したのだから、この頃の翻訳探偵小説で眼の肥えた読者諸君に失望を与えることは決してないと信じる。

ついでに言っておけば、この小説のみそは「ひげ」にある。しかし作者結城昌治君には

「ひげ」がない。どうも彼には「ひげ」コンプレックスがあるようだから、そのうちに、探偵小説を書くのなんかやめて、「ひげ」専門の理髪師になりたいと言い出しはしないか、それが僕の目下の一番の心配である。

早川書房版　あとがき

本篇は、いわゆる本格探偵小説をこころざしたもので、推理の手がかりはすべて提出したつもりですが、慧眼《けいがん》の読者には、〝五、ひげのある挑戦〟までお読みになれば、難なく犯人を指摘されるのではないかと、おそれています。

すべての探偵小説が、探偵小説である前に文学でなければならぬとは考えませんが、すぐれた探偵小説は、いやでも文学たらざるを得ないものと考えます。

しかしこれを、謎解きを主眼とした、いわゆる本格物に限っていえば、極めて困難なことにちがいなさそうです。本格物の方法が、しばしば文学を抛棄することによってしか、成功しないからです。この困難は、今後ぶつかってみるだけの値打ちがあるかもしれません。

昭和三十四年十二月

結城昌治

朝日新聞社版『結城昌治作品集1』ノート

ちょうど十四年前に刊行された処女長篇である。もちろん書下ろしで、勤めを辞めたいいっしんで書いた。前年の暮に脱稿していたが、つづけて書いた短篇「寒中水泳」をエラリイ・クイーンズ・ミステリ・マガジン（日本語版）第一回コンテストに応募したところ辛うじて入選し、さらに同誌の別冊（季刊、4号で廃刊になった）に短篇を二作掲載されたあとだった。しかし、それくらいで食っていける目当てなどは全くなかったが、私はその年の五月十日に母を亡くして身軽になっていたので、本篇が刊行されると間もなく辞表を出した。背水の陣をしくというほどの気負いもなく、五月末には胃から血を吐いて体のほうも自信がなかったけれど、自分ひとりならどこでくたばってもいいという気持だった。

それまで、私は東京地方検察庁に勤めていた。今思えば信じられないようなことだが、職員募集の新聞広告を見て、私が好奇心とアルバイトの必要から就職した頃の東京地検は、全司法所属の労働組合があり、赤旗を持ってメーデーに参加し、共産党の細胞まであった。ところが、私が就職後一年足らずで肺結核を発病し、約三年間の療養生活をおくって復職すると、労働組合は解散して、共産党員は全員クビになっていた。私はいかなる党派にも属したことがないし、主義主張の持合わせも極めて少い。療養生活の間に私自身も多少変ったかもしれないが、とにかく職場の空気は社会の変化と足なみをそろえるようにすっかり変って、私は息苦しさを感じるばかりだった。学校は法科のくせに六法全書も買ったことがないくらいで、もともと判検事や弁護士になるつもりはなかったから、それで何度転職を試みたことか。新聞の求人広告を見ては応募し、そしてかならず落ちるという繰返しだった。左右両肺を手術しているので、力仕事は無理と分っていた。それでも、勤め帰りにアテネ・フランセへ通い、同人雑誌に下手な詩を投じながら、どうにか自分を持ちこたえていられたのは、療養所時代から厚誼《こうぎ》を得ていた福永武彦《ふくながたけひこ》氏に負うところが大きい。私事にわたると際限がないので省略するが、推理小説を書くようになったのも専ら福永さんの影響である。福永さんにすすめられるまでは、むしろ食わず嫌いで推理小説を読まなかったのだ。それがお訪ねするたびに五冊、六冊とポケット版の翻訳推理小説を拝借して帰るようになり、読み出せば面白くて夜を徹し、とうとう自分で書くに至った。

だから、いわゆる推理小説ブームは数年前から起っていたようだが、私はついぞわが国の推理小説を読む機会がないままに本篇を書いた。右も左も分らないで、海の向うのエラリイ・クイーンやアガサ・クリスティの作品を手本にした本格仕立てである。初めは福永さんを驚かしてやろうという程度の気持、次第に勤めを辞めたいいっしんの欲が出てきたが、なにしろ十五年前の若書きで、本格物の定型にとらわれた嫌いがあり、今読み返すと気恥ずかしい文章が目について仕様がない。

しかし、あまり手を入れたのでは処女作の意義を失ってしまう。不細工も愛嬌になればと思い、なるべく原形を残すことにした。また、たとえば物価なども実に安かったし、部長刑事のサラリーも安かったけれど、二十本入りの煙草「新生」が四十円、千円札に刷込んである肖像が聖徳太子で、新橋駅西口に場外馬券売場があり、四谷、新宿界隈を都電がのんびり走っていた時代である。「長い長い眠り」では六十年安保を事件の背景に取入れているが、そういう世相が写っているのも一興かと思った。警察の初動捜査体制は大分異っているが、捜査手続きの基本は現在もほとんど変っていない。人のこころの機微も変っていないはずである。

なお、謎解きを主眼とした推理小説はフェアプレイのためのタブーがさまざまな論議を呼んで、とうにご存じの読者も多いと思うが、英米において本格物長篇の黄金時代といわれる千九百二十年代から三十年代にかけては、ヴァン・ダインの二十則とかロナルド・ノックスの十戒というようなタブーが作者に課せられると同時に、すぐれた作者はそれらのタブーをつぎつぎに破っていった。破ることによって推理小説の枠をひろげ、深度を深めていったのである。もちろんそのために読者の興味を損ってはならないが、現在でも多分に通用するところがあるので、ヴァン・ダインの二十則を要約してみると、

『1、謎を解決する手がかりはすべて読者に示されていなければならない。

2、犯人がトリックを用いるのは当然だが、作者が読者を騙すようなトリックを用いてはならない。
3、恋愛の興味に深入りして、事件の解明に無用な情緒で推理を混乱させてはならない。
4、主人公の探偵、あるいは捜査当局の一員が犯人だったという解決はインチキである。
5、犯人は論理的に解明されるべきで、偶然や自白する動機のない自白によって解決してはいけない。
6、かならず探偵役を登場させ、その探偵役の人物が犯人を指摘しなければならない。
7、殺人は絶対に必要である。小さな犯罪では読者の興味を惹くに足りない。
8、謎は常識的な方法で解決されるべきで、心霊術や水晶占いなどで解決させてはならない。
9、探偵役は一人に限る。そうでないと、読者はリレー・チームを相手に一人で競走させられるようなものだ。
10、犯人は最初から主要な人物として登場していなければならない。
11、召使いなど、読者が嫌疑外におくような人物が犯人では読者が失望するだろう。
12、殺人がいくつあったにしても、犯人は一人に限る。
13、秘密結社など多人数の犯罪では物語の興味を失わせる。多人数ならどんな犯罪でも可能だ。

14、殺人の方法も捜査の方法も、合理的かつ科学的でなければいけない。
15、事件は明快に解決され、賢明な読者なら途中で犯人を指摘し得たはずと納得できるものでなければならない。
16、筋に無関係な描写や余談は無用である。読者は文学を求めているのではない。
17、職業的犯罪者を犯人にすることは避けるべきで、意外な人物が望ましい。
18、事故死とか過失死、自殺だったなどという解決は許されない。
19、犯罪の動機は個人的なものでなければいけない。
20、指紋の偽造、替玉を使ったアリバイ、双生児による替玉トリック、暗号……などを用いるのは作者が無能な証拠である。』

という具合でなかなか手厳しい。四十数年前に発表されたもので、推理小説もスポーツやトランプと同じようにゲームだという立場からの主張である。現在こんなことを言えば時代錯誤を笑われるだろうが、私はこういうタブーを生んだ小説形式に興味があったし、どこまでタブーを守り、あるいはどこまでタブーを破り、そして読者を満足させることができるかということにも強い興味があった。

いずれにせよ、私は本篇の刊行を機会に勤めを辞めた。私のヘソの緒のような作品といえるかもしれない。

（一九七三年十二月）

腰のひける解説

新保博久

　どれが代表作なのか、にわかに選びかねる作家というものがあって、日本ミステリ界では結城昌治が没後十二年を経た現在なお、その筆頭なのではないかと思う。比較的多数意見としては、本書『ひげのある男たち』（一九五九年。以下西暦の一九――を略す）に先んじてちょうど文庫復刊された二冊、『ゴメスの名はゴメス』（六二年、光文社文庫――以下、入手しやすい版があれば記す）や『暗い落日』（六五年、中公文庫）あたりに落ち着きそうだ。あるいは何らかの文学賞の受賞作として、日本推理作家協会賞の『夜の終る時』（六三年、双葉文庫）、直木賞の『軍旗はためく下に』（七〇年、中公文庫）、吉川英治文学賞の『終着駅』（八四年、講談社文芸文庫）が挙げられるかもしれない。それらがスパイ小説、私立探偵ハードボイルド、悪徳警官物、また戦争告発文学（といってもヒステリックにでなく駘蕩《たいとう》とした筆致で、弱者の怒りと諦念を代弁している）と多岐に亘るように、推理小説の構成と手法を融通無碍《ゆうずうむげ》に駆使し、しかもどのサブジャンルでも最高水準に達してスタンダードを示してきたものだ。結局、結城昌治という一筋縄でいかない多面体的作家の、どの側面に最も惹かれるかで、評者の推す作品も変わってくるのだろう。

雑誌『幻影城』の大内茂男・権田萬治・中島河太郎選による「日本長編推理小説ベスト99」(七八年六・七月合併号)では、結城作品として『ひげのある男たち』と『ゴメスの名はゴメス』の二作が選ばれている。主催誌の性格を反映してか、九十九編の内訳は本格推理が優勢なようで、だから選ばれたというわけでもないだろうが、『ひげのある男たち』も本格物にほかならない。

『ひげのある男たち』はまた、結城氏の処女作でもある。きわめて端正な折り目正しい本格ミステリでありながら、謎解き一本槍の生硬さがなく、文章は平明暢達《へいめいちょうたつ》、会話もユーモラス。たとえば、赤川次郎があんなに多作しないで腰をすえて一編の謎解き長編を練ってくれたら、こういう作品になったのではないか。赤川氏については以前、天藤真との相似を天藤作品の解説で指摘したことがあるが、『ひげのある男たち』が一九五九年十二月、早川書房から刊行されたころ、漠然と推理小説創作を志していた天藤氏は翌年ぐらいに友人から借覧し、

「読んだとたんに、これはいかん、と感じた。それまでは、だれの作品を読んでも、感心することは多かったが、何となく自分とは世界が違うといった感じで安心して読んでいら

れたのが、日本にもこういう作家が出て来たとなると、まごまごしていると自分の書きたいものをみんな書かれてしまう、という恐怖感みたいなものだった」(「出会いの一冊」、『ルパン』八一年春季号)

いま引用したのと偶然同じ掲載誌に、やはり課題コラム「マイ・ファースト・ブック」では当の結城氏が『ひげのある男たち』を挙げていて、「たまたま残っているメモによると、早川書房に原稿を渡したのが五九年一月七日で、前年の九月には脱稿していた。『寒中水泳』を脱稿して投函したのが前年の十二月十日というメモもあるから、『ひげのある男たち』のほうが先だったことは間違いない」という。

「寒中水泳」は日本版『エラリイ・クイーンズ・ミステリ・マガジン』(現在の『ハヤカワミステリマガジン』)第一回年次コンテストに入選して五九年七月号に掲載された、同誌では初めての日本作家の短編である。書誌的にはこちらが結城氏のデビュー作で、著者は凡作と謙遜しているが、ほどなく結城氏が短編の名手との声望をほしいままにしたことを思えば、梅檀《せんだん》は双葉より芳《かんば》しというにはちょっと足りない。「寒中水泳」を応募したのは、「三万円の賞金も欲しかったにちがいないが、しかしそれより、選考委員に佐藤春夫氏、大井広介氏とならんで福永武彦氏の名があったことに食指を動かされた。内緒で投稿し、あわよくば福永さんを驚かせようという魂胆だった」(朝日新聞社版結城昌治作品集第八巻「ノート」、七四年五月)という。福永武彦は俳人の石田波郷と同様、結城昌治がはたち過ぎに肺結核を発病して清瀬の国立東京療養所で過ごした三年間、同じ病棟にいて精神的な支柱と恃《たの》んだ人物だ。結城氏が食わず嫌いだった推理小説の面白さに開眼したのは、福永氏が無事退院したのち、毎週のようにその宅を訪ねるつどハヤカワ・ミステリ数冊を借りて熱中した成果である。

「編集部が総がかりで、(コンテスト応募作品の)下読みにとりかかる直前ぐらいだったろう。福永武彦さんのところへ行ったら、『療養所で知りあった若いひとで、いまでもうちへくるミステリ・ファンがいてね。長篇を書いて、持ってきたんだ。読んでやってくれないか』」(都筑道夫「目白八景」、『ミステリマガジン』八六年一月号。フリースタイル刊『推理作家の出来るまで(下)』所収)と言われて、都筑編集長が預かったのが『ひげのある男たち』の原稿である。コンテストの締切りが五八年十二月二十五日だから、前掲の結城氏のメモにある日付と平仄《ひょうそく》は合う。だがこの時点ではまだ予選も始まっていないのだから、候補に残って福永氏を驚かせようという悪戯《いたずら》心は放棄されたようだ。応募したことをうっかり口をすべらせたついでに、すでに書き上げていた長編を福永氏に見せたというところだろう。

ここでちょっと疑問なのだが、福永氏はなぜ江戸川乱歩賞(当時長編の登竜門はそれしかなかった)へ応募せよとアドバイスしなかったのか。五九年といえば乱歩賞は第五回で、笹沢左保の『招かれざる客』が新章文子の『危険な関係』に惜敗するという激戦の年だったから、受賞確実とは断言できなかったわけだが。結果的には乱歩賞でなく短編コンテストに入選したので、早川書房としては異例の日本作家の新作出版が実現し、その好評が同社の書下ろし叢書「日本ミステリ・シリーズ」（六一〜六三年）につながって『ゴメスの名はゴメス』も誕生したのだ。福永氏とてそこまで予見できたはずもないが、乱歩賞を受賞するよりも早川書房から出させたい、むしろ翻訳ミステリの読者に読ませたいと考えていたらしいのは、『ひげのある男たち』に寄せられた序文からも窺《うかが》えよう。

処女作に作家のすべてがあるという俗信があるが、実質的には処女作といっていい『ひげのある男たち』には、まさに結城昌治のすべてがある意味で萌芽《ほうが》している。やがてスパイ小説、ハードボイルド、また『白昼堂々』（六六年）のようなクライム・コメディといった、日本で初めてでないにせよ、まだ充分成熟していなかったジャンルに次々と鍬《くわ》を入れ、たちまちそれを代表する傑作を書いてそのジャンルを確立してしまうといった、ほかに真似手のない活躍をした結城氏だが、その出発点が本格推理だったとは奇異な感じがするかもしれない。だが福永氏に小説の書き方を教わったわけでは別にない結城氏が初めて長編を書くには、定型の確立した本格推理の構成に則るのが捷径《はやみち》だったのだろう。結核療養中、石田波郷に師事して句作に興じたことも、定型を守りつつ個性を盛るという創作姿勢を育ませたのかもしれない。また結城氏は東京地方検察庁の事務官であったから、警察の捜査活動に一般人より通じている便宜もあったはずだ。実際にはその役所の仕事にうんざりして、「この年（五九年《ママ》）の真夏の暑い盛りに、勤めをサボって書いた作品。一週間ぐらいでなおる病気をごまかして二ヵ月休んだ。つとめをやめたい一心と、福永武彦さんにけしかけられたのと、二つの動機で、はじめて長篇を手がけたわけです」（大伴秀司＝昌司＝によるインタビュー「自己のペースをくずさぬひげのある男」、『宝石』六三年三月号）。『ひげのある男たち』に結城昌治のすべてが萌芽しているとはいうものの、出発当初から本格推理ひとすじに邁進《まいしん》する意図がなかったのは、佐野洋の回想からも明らかだ。「たしか、他殺クラブ（当時の若手推理作家の集まり＝中略＝）の二回目か、三回目ぐらいの会合のときだ。（中略）『実は、いま、郷原部長刑事が出る第二作目を書いているんだ（中略）しかし、もう、郷原部長刑事は、これでやめるつもりだ』『なぜ？』と、私は聞いた。『あのひげのある刑事というのは、面白いじゃないか』『主人公が同じだと、作品の全体の雰囲気や形式まで似て来てしまう。それより、もっといろいろ試みをしてみたいから（後略）』」（佐野洋「『名探偵』について」、『小説推理』七七年十二月号。光文社刊『新推理日記』＝講談社文庫『推理日記Ⅱ』所収）

このとき結城氏が執筆中だったのは『長い長い眠り』（六〇年）ということになるが、一応その宣言を違《たが》えなかった。長編第三作『隠花植物』は殺人の容疑者にされたスリが真犯人を求める、まるでクレイグ・ライスに『幻の女』を書かせたみたいな巻き込まれ型探偵物だし、続く『罠の中』（ともに六一年）は戦地で部下を見殺しにしてきて現在も刑余者更正事業を私物化している男が、ソロモン島から生還したと称する脅迫者におびえるサスペンスだが、ともども本格推理の要素が中途半端に残っていて完成度は必ずしも高くない。この二長編には郷原部長刑事が登場しないが、次いで連載された『死者におくる花束はない』（六一年連載。刊行順では第六長編）では新たなシリーズ・キャラクター、私立探偵・佐久をデビューさせたものの、警察情報の提供役として郷原が脇役を務める。「作品の形式や質が違うのに、同じ探偵役を出しても意味はないから」と佐野氏には言ったのに、佐久シリーズでは軽ハードボイルドを目指しながら郷原を再び起用したのだから、意外に愛着があったのかもしれない。

じつは初登場以来、郷原部長というのは非常にユニークな、いわゆる名探偵とは違う存在で、こういう役どころは海外ミステリにも例を見ない。具体的にどういう役どころなのか、以後『長い長い眠り』、『仲のいい死体』（六一年）と続きつつ、従来あちこちの文庫に散らばっていた三部作がこのたび初めて本文庫で一堂に会する予定なので、読者自身で確めていただきたい。なぜこんな不思議な設定を思いついたのか、権力（とくに国家権力）というものに対する結城氏の反感からではないかとだけ、とりあえず今は指摘するに留めよう。郷原部長は個人としては作者に比較的好意をもたれているらしいのだが、職責上国家権力の走狗《そうく》以外にはなれない。この結城氏の反権力の姿勢こそは、どれほど作風を目まぐるしく変えても生涯変わらなかったもので、『ひげのある男たち』に著者のすべてがあると述べたのはこの点がまず一つ。

いま一つ、本書を原点に位置づけたい根拠は、創元推理評論賞の最後（第十回）に応募して受賞した「業と怒りと哀しみと――結城昌治の作品世界――」（『ミステリーズ！』vol.2、二〇〇三年九月）で中辻理夫が正しく指摘しているように、「結城は明らかに、これら三部作で自覚的に推理小説と落語の合体を試みている」という点だ。「わたしと寄席の縁は戦争中の中学生時代に始まっている。性教育などはほとんど寄席で仕込まれたようなもので、その頃から志ん生が好きだった」（「志ん生の演目帖《ネタ》」、『オール讀物』七三年十二月号。朝日新聞社刊『昨日の花』所収）そうだが、雑誌『落語』第二号（七九年秋季号）の桟敷《さじき》対談「こうして落語が好きになった」第二回の話し手として色川武大とともに登場したときの発言によると、落語は小学校のころからラジオでかなり聴いていたばかりか、中学のころ「噺家《はなしか》にあこがれた時期がありまして」という。「漫才にはなりたくない、相手が要るから。噺家というのは一人でやれるから」

実際、結城作品、とくに郷原部長三部作における登場人物たちの会話のおかしさの絶品ぶりは、やはり漫才的というよりは落語的であると思う。どこが違うかといえば、門外漢の私見だが、漫才の掛け合いには互いに相手をやり込めようとする攻撃性があり、ときに賢いほう（ツッコミ）が間抜けなほう（ボケ）に嘲弄《ちょうろう》されるといった主客転倒が笑いを誘う。いっぽう落語では、言い争っている二人も同じ人間が演じ分けているのにほかならず、どちらになりきっているわけでもなく、演者はあくまで語り手として作中人物たちに等分に距離をおいている。

たとえば、初老巡査と色っぽい後家が心中したかに見える珍事件を扱った『仲のいい死体』で、警察署長代理は心中事件で片づけてしまいたくて、二人の死亡時刻が違う点を説明するのに巡査が後家を殺して数時間後に後追い心中したという仮説を、こともあろうに死んだ草場巡査の妻の前で開陳して失言に気づく。「草場さんが心中したなんて、わたしは信じておらん。断じて信じないと言いますよ。わたしは考えたことを言っただけだ」。そこで地の文が「支離滅裂である」と突っ込むのは、上方落語で長講を話の途中で切り上げるさい「アホがわあわあ騒いでおります」と締めくくる呼吸に似てはいないだろうか。

郷原部長三部作でいわゆる狭い意味のトリックが冴えているのは『ひげのある男たち』だけだろう。『長い長い眠り』の被害者男性が下着姿にされていたのはなぜかという謎は、作中の警察より先に読者が見抜けるレベルで、三部作のなかではやや落ちる。『仲のいい死体』の意外な動機も社会派推理むきのものだから、本格ファンには地味に映るかもしれないが、ご当地伝説まで創造して地域社会の複雑さ滑稽さを描ききったあたり、落語的なふくらみが加味されて小説的にも最も読みごたえがある。ともかく三作ながらに、読んで損のない出来ばえは保証されているので、優劣の判定は読者のみなさんに委ねたい。なにしろ代表作の決めにくい作家なのだから。

本書は一九五九年に早川書房から刊行され、六二年にロマン・ブックス（講談社）、七五年に講談社文庫、八二年に徳間文庫に収録された。また、六一年に現代長篇推理小説全集15／樹下太郎・結城昌治集（東都書房）、七四年に結城昌治作品集1（朝日新聞社）、八〇年に結城昌治長篇推理小説選集1（東京文芸社）にも収められた。創元推理文庫版は徳間文庫版を底本とした。

作品中、表現に穏当を欠くと思われる表現があるが、時代性、著者が故人になっていることを鑑み、原文のままとした。

——編集部

検 印
廃 止

著者紹介　1927年、東京生まれ。早稲田専門学校卒。1959年「ＥＱＭＭ」の短編コンテストで「寒中水泳」が一席に入選。同年『ひげのある男たち』を刊行。幅広いジャンルの作品を発表し、『夜の終る時』で第17回日本推理作家協会賞、『軍旗はためく下に』で第63回直木賞、『終着駅』で第19回吉川英治文学賞を受賞。1996年没。

ひげのある男たち

2008年6月27日　初版

著 者 結《ゆう》 城《き》 昌《しよう》 治《じ》

発行所 (株) 東京創元社
代表者 長谷川晋一

162-0814/東京都新宿区新小川町1-5
電 話 03・3268・8231-営業部
03・3268・8204-編集部
URL http://www.tsogen.co.jp
振 替 00160—9—1565
暁印刷・本間製本

乱丁・落丁本は，ご面倒ですが小社までご送付ください。送料小社負担にてお取替えいたします。

ISBN978-4-488-47801-8　C0193